노인과 바다

세계문학전집
091

Ernest Hemingway : The Old Man and the Sea

노인과 바다

어니스트 헤밍웨이 소설

이인규 옮김

문학동네

차례 ▊

그는 멕시코 만류에서 조그만 돛단배로 혼자 고기잡이를 하는 노인이었다. 팔십사 일 동안 그는 바다에 나가서 고기를 한 마리도 못 잡았다. 처음 사십 일 동안은 한 소년이 그와 함께 나갔다. 하지만 사십 일이 지나도록 고기를 한 마리도 잡지 못하자 소년의 부모는 노인이 이젠 정말이지 돌이킬 수 없게 '살라오', 즉 운수가 완전히 바닥난 지경이 되었다고 소년에게 말했다. 소년은 부모가 시키는 대로 다른 배를 타고 나갔고, 그 배는 일주일 동안 큼직한 고기를 세 마리나 잡았다. 매일같이 빈 배로 돌아오는 노인의 모습을 볼 때마다 소년은 마음이 아팠다. 소년은 언제나 물가로 내려가서 노인을 도와 사려놓은 낚싯줄

뭉치나 갈고리와 작살, 또는 돛대에 둘둘 만 돛 따위를 날랐다. 밀가루 부대를 여기저기 기워 붙인 돛은 둘둘 감겨 있는 꼴이 마치 영원한 패배의 깃발처럼 보였다.

노인은 비쩍 마르고 야위었으며 목덜미에 주름살이 깊게 패어 있었다. 두 뺨에는 열대 바다가 반사하는 햇빛으로 생긴 양성 피부암 때문에 갈색 반점이 번져 있었다. 갈색 반점은 얼굴 양옆을 타고 길게 아래까지 번졌고, 두 손에는 낚싯줄에 걸린 무거운 고기를 다루다가 생긴 상처 자국들이 주름처럼 깊이 패어 있었다. 하지만 이 중 최근에 생긴 흉터는 하나도 없었다. 모두가 물고기 없는 사막의 침식지형만큼이나 오래된 것들이었다.

노인의 모든 것이 늙거나 낡아 있었다. 하지만 두 눈만은 그렇지 않았다. 바다와 똑같은 빛깔의 파란 두 눈은 여전히 생기와 불굴의 의지로 빛나고 있었다.

"산티아고 할아버지." 노인의 배를 끌어 올려놓고 해안 기슭을 올라가면서 소년이 노인에게 말했다. "저 다시 할아버지와 함께 나갈 수 있을 거예요. 그동안 돈을 좀 벌었거든요."

소년에게 고기 잡는 법을 가르쳐준 사람은 노인이었다. 소년은 노인을 사랑했다.

"아니다." 노인은 말했다. "넌 운 좋은 배를 타고 있어. 그 사람들하고 계속 있어."

"하지만 생각해보세요, 전에 할아버지가 팔십칠 일이나 고길

못 잡다가 저랑 함께 나가서 삼 주 동안 매일 큰 고기를 잡은 적이 있잖아요."

"그래, 기억하고 있지." 노인이 말했다. "네가 날 못 믿어서 떠난 게 아니란 걸 잘 알고 있다."

"아빠 때문에 떠난 거예요. 전 아직 어려서 아빠 말에 따라야 하니까요."

"그래, 안다." 노인은 말했다. "아주 당연한 거야."

"아빤 믿음이 별로 없어요."

"그래." 노인은 말했다. "하지만 우린 믿음이 있지, 그렇잖니?"

"그래요." 소년은 말했다. "테라스에서 맥주 한 잔 대접해드려도 될까요? 이건 나중에 옮기기로 하고요."

"왜 안 되겠니." 노인은 말했다. "같은 어부끼리 말이다."

두 사람은 테라스로 가서 자리에 앉았다. 노인을 놀리는 어부들이 많았는데, 노인은 화를 내지 않았다. 나이 든 어부들 가운데는 그를 바라보며 가슴 아파하는 사람들도 있었다. 하지만 그들은 내색하지 않은 채 해류나 낚싯줄을 얼마나 깊이 드리웠는지, 또는 계속되는 좋은 날씨나 바다에서 본 것들에 대해 점잖게 이야기를 나눴다. 그날 고기잡이가 성공적이었던 어부들은 벌써 돌아와서, 잡아온 청새치를 손질하여 두 개의 널빤지에 가로로 길게 올려놓은 다음 수산물 창고로 운반해갔다. 각각의 널빤지 끝에 남자들이 두 명씩 붙어 비틀거리며 운반해간 그 고기들은 창고에서 대기했다가 냉동 트럭에 실려 아바나*의 시장

으로 운송될 것이었다. 상어를 잡은 어부들은 만※ 저쪽 편에 있는 상어 가공 공장으로 그것들을 실어갔다. 거기서 상어는 도르래 장치로 끌어올려진 다음, 간이 제거되고 지느러미가 잘리고 가죽이 벗겨졌다. 그리고 살은 토막토막 잘려 소금에 절여졌다.

바람이 동쪽에서 불 때면 상어 공장에서 나는 냄새가 항구를 가로질러 풍겨왔다. 하지만 오늘은 바람이 북쪽으로 선회했다가 잠잠해져서 악취가 아주 희미하게만 코끝에 느껴졌고, 그래서 테라스는 환한 햇살 아래 쾌적했다.

"산티아고 할아버지." 소년이 말했다.

"응." 노인이 대답했다. 그는 맥주잔을 잡은 채 오래전 일을 생각하던 참이었다.

"제가 가서 할아버지를 위해 내일 쓸 정어리를 잡아와도 될까요?"

"괜찮다. 넌 가서 야구나 해. 난 아직 노를 저을 수 있고 로헬리오가 그물을 던져줄 거다."

"제가 구해드리고 싶어요. 할아버지와 함께 고기를 잡을 수 없다면, 다른 거라도 어떻게든 도와드리고 싶어요."

"이렇게 맥주를 사줬잖니." 노인은 말했다. "너도 벌써 어른이 다 되었구나."

---

* 쿠바의 수도.

"할아버지가 절 처음 배에 태우고 나가셨을 때 제가 몇 살이었죠?"

"다섯 살이었단다. 그때 넌 하마터면 죽을 뻔했지. 내가 고기를 잡아 끌어올렸는데 그놈이 너무 팔팔해서 배를 거의 산산조각 낼 뻔했거든. 기억나니?"

"네, 그 녀석이 꼬리로 배 바닥을 철썩철썩 때리며 날뛰던 거랑 그 바람에 배 가로장*이 부러진 것, 그리고 그 녀석을 몽둥이로 내리치던 소리까지 다 기억나요. 할아버지가 둘둘 감은 젖은 낚싯줄 뭉치가 있던 뱃머리 쪽으로 저를 황급히 밀쳤던 거랑, 거기서 배 전체가 요동치는 걸 느끼며 할아버지가 도끼로 나무를 찍듯이 그 녀석을 몽둥이로 내리치는 소리를 듣던 것, 그리고 제 온몸에 달큼한 피 냄새가 퍼지던 것도 다 기억나요."

"정말로 그게 기억나는 거냐, 아니면 내가 말해줘서 아는 거냐?"

"전 할아버지랑 처음 함께 나갔을 때부터 지금까지 모든 게 다 기억나요."

노인은 햇볕에 그을린 두 눈에 신뢰와 애정을 가득 담고서 소년을 바라보았다.

"네가 내 아들이라면 널 데리고 나가서 운을 한 번 걸어보겠다만." 노인은 말했다. "하지만 너한텐 따라야 할 부모가 있고

---

* 노 젓는 사람이 앉도록 배를 가로지른 막대.

또 넌 운이 좋은 배를 타고 있어."

"정어릴 잡아다드려도 되죠? 미끼고기 네 마리를 구할 수 있는 곳도 알고 있어요."

"오늘 쓰고 남은 게 아직 있어. 소금에 절여 상자에 넣어두었지."

"제가 신선한 걸로 네 마리 구해다드릴게요."

"한 마리만 가져와." 노인은 말했다. 그는 희망과 자신감을 잃어본 적이 한 번도 없었다. 그리고 그 순간 그 희망과 자신감이 산들바람이 불어올 때처럼 더욱 새롭게 솟아나는 느낌이었다.

"두 마리 가져올게요." 소년이 말했다.

"그래, 두 마리." 노인은 동의했다. "그런데 훔친 건 아니겠지?"

"사실 훔치기라도 했을 거예요." 소년은 말했다. "하지만 제가 산 거예요."

"고맙다." 노인은 말했다. 그는 단순한 사람이라 자신이 언제 겸손하게 행동했는지 따져보지 않았다. 하지만 자신이 방금 겸손하게 행동한 것을 알았으며, 그것이 수치스러운 일은 아니고 또 그 때문에 자신의 진정한 자존심이 손상되지도 않는다는 걸 알고 있었다.

"이런 해류 상태라면 내일은 고기 잡기 좋은 날이 될 게다." 노인이 말했다.

"어디로 나가실 건가요?" 소년은 물었다.

"멀리 나갔다가 바람이 바뀔 때 들어올 생각이다. 날이 밝기 전에 나갈 거야."

"저희 배 주인 아저씨한테도 멀리 나가서 고기를 잡자고 해 보겠어요." 소년은 말했다. "그럼 할아버지가 뭔가 진짜로 큰 놈을 낚았을 때 우리가 가서 도와드릴 수 있을 거예요."

"그이는 멀리 나가서 일하는 건 안 좋아하는 사람인데."

"맞아요." 소년은 말했다. "하지만 주인 아저씨가 못 보는 뭔가를, 그러니까 고기를 노리는 새 같은 걸 봤다고 하면서 만새기*를 쫓아 멀리 나가게 해볼래요."

"그 사람 눈이 그렇게 나쁘냐?"

"거의 장님이나 다름없어요."

"거 참, 이상하구나." 노인은 말했다. "바다거북잡이를 한 적이 없는 사람인데. 눈을 망치는 건 바로 그 거북잡이거든."

"하지만 할아버진 모스키티아 해안**에서 몇 년이나 거북잡이를 하셨어도 눈이 좋잖아요."

"난 이상한 늙은이니까."

"근데 할아버진 진짜 큰 고기를 잡을 만큼 아직도 힘이 충분하세요?"

"그럴 거다. 게다가 난 요령을 많이 알고 있지."

"이제 그만 저것들을 집으로 옮겨요." 소년이 말했다. "그래야

---

* 온대 및 열대 해역에 사는 농어목 만새기과의 바닷물고기.
** 중앙아메리카 니카라과의 동부 해안.

투망을 가지고 정어릴 잡으러 갈 수 있어요."

두 사람은 배에서 가져온 도구들을 집어들었다. 노인은 돛대를 어깨에 멨고, 소년은 가닥을 단단히 꼬아 만든 갈색 낚싯줄을 둘둘 감아 넣은 나무상자와 갈고리와 작살과 작살 자루 등을 들고 갔다. 미끼고기가 든 상자는, 배 옆까지 끌어당긴 큰 물고기를 제압할 때 사용하는 몽둥이와 함께 배의 고물 아래에 남겨놓았다. 노인의 물건을 훔쳐갈 사람은 아무도 없지만, 돛과 무거운 낚싯줄은 이슬을 맞으면 상할 수 있으므로 집에 갖다두는 게 나았다. 그리고 자신의 물건을 훔쳐갈 사람이 그 지역에 아무도 없다는 게 확실하다 해도 갈고리와 작살을 배에 남겨두는 것은 쓸데없는 유혹을 불러일으키는 일이라고 노인은 생각했다.

두 사람은 길을 따라 함께 걸어 올라갔고, 노인의 오두막에 이르자 열려 있는 문으로 들어갔다. 노인은 돛이 감겨 있는 돛대를 벽에 기대어 세워놓았고 소년은 상자와 다른 도구들을 그 옆에 내려놓았다. 돛대는 오두막의 단칸방과 길이가 거의 같았다. 오두막은 '구아노'라고 부르는 대왕야자수의 질긴 싹눈껍질로 지은 것으로, 그 안에 침대와 식탁과 의자가 하나씩 있었으며 흙바닥에는 숯으로 음식을 조리하는 자리가 있었다. 섬유질이 억센 구아노 잎사귀를 편편하게 겹쳐 바른 갈색 벽면에는 예수성심상 채색화와 코브레*의 성모상 채색화가 각각 걸려 있

---

* 쿠바 동남부 산티아고데쿠바에 위치한 성당. 이곳에 있는 검은 얼굴의 성모상은 쿠바의 수호신으로 숭배됨.

었다. 죽은 아내가 남긴 유물들이었다. 예전엔 연한 색인화지에 뽑은 아내의 사진도 벽에 걸려 있었지만, 그걸 볼 때마다 너무나 외로워서 떼어버렸다. 그 사진은 이제 방구석 선반 위, 그의 깨끗한 셔츠 아래 있었다.

"먹을 건 있나요?" 소년이 물었다.

"노란 쌀밥이랑 생선 요리가 한 냄비 있단다. 좀 먹겠니?"

"아뇨. 집에 가서 먹을래요. 불 좀 피워드릴까요?"

"아니다. 나중에 내가 피우마. 그냥 찬밥을 먹어도 되고."

"투망 가져가도 돼요?"

"물론이지."

사실 투망은 없었다. 소년은 그걸 언제 팔았는지 기억하고 있었다. 하지만 두 사람은 이 꾸며낸 대화를 매일 되풀이했다. 노란 쌀밥과 생선이 든 냄비도 없었고, 이것 역시 소년은 알고 있었다.

"팔십오는 행운의 숫자야." 노인은 말했다. "내가 내장 따위를 빼내고도 오백 킬로그램 가까이 되는 놈을 잡아오면 어떨 거 같니?"

"전 이제 투망을 가지고 정어릴 잡으러 가야겠어요. 할아버진 문간에 앉아서 햇볕이나 쬐고 계세요."

"그러마. 어제 신문이 있으니 야구 기사나 읽어야겠다."

소년은 어제 신문 역시 꾸며낸 말인지 어떤지 알 수 없었다. 하지만 노인은 침대 밑에서 정말로 신문을 꺼냈다.

"보데가*에서 페리코가 준 거란다." 노인은 설명했다.

"정어리 잡으면 돌아올게요. 할아버지 것하고 제 것을 얼음에 같이 재워둘래요. 아침에 나누면 되니까요. 돌아오면 야구 이야기 해주세요."

"양키스는 어느 팀한테도 안 져."

"하지만 클리블랜드 인디언스랑 붙는다면 좀 걱정돼요."

"양키스를 믿어라, 얘야. 위대한 디마지오**가 있잖니."

"전 디트로이트 타이거스랑 클리블랜드 인디언스 둘 다 마음에 걸려요."

"아서라, 그러다간 신시내티 레즈와 시카고 화이트삭스까지 걱정될라."

"신문 잘 읽어보시고 제가 돌아오면 이야기해주세요."

"우리, 끝번호가 팔십오인 복권을 한 장 사야 하지 않겠니? 내일이면 팔십오 일째니까 말이다."

"그것도 괜찮겠죠." 소년은 말했다. "하지만 할아버지의 최고 기록인 팔십칠 일은 어떻게 하고요?"

"그건 두 번 다시 안 깨질 기록이야. 팔십오번 복권을 구할 수 있을까?"

"주문하면 되겠죠."

---

* 스페인어로 '와인 창고' '주점' 혹은 '식료품점'이라는 뜻.
** 메이저리그의 전설적인 야구선수로 1936년부터 1951년까지 뉴욕 양키스에서 활약했음.

18

"한 장이면 될 거야. 이 달러 오십 센트. 누구한테 돈을 꾸지?"

"문제없어요. 이 달러 오십 센트 정도는 언제든지 꿀 수 있어요."

"나도 그 정도는 꿀 수 있을 거다. 하지만 되도록 꾸지 않으려고 하지. 돈을 꾸는 건 바로 거지가 되는 첫걸음이거든."

"따뜻하게 하고 계세요, 할아버지." 소년은 말했다. "지금 구월이라는 거 아시죠?"

"큰 물고기가 다니는 때지." 노인은 말했다. "아무나 물고길 낚을 수 있는 오월하고는 달라."

"전 이제 정어리 잡으러 가요." 소년은 말했다.

소년이 돌아왔을 때 노인은 의자에 앉은 채 잠들었고 해는 저물어 있었다. 소년은 침대에서 낡은 군용담요를 가져다 의자 등받이와 노인의 어깨 위에 잘 펴서 덮어주었다. 노인의 어깨는 특이했다. 몹시 늙긴 했지만 아직 강인해 보이는 어깨였다. 목덜미 역시 아직 튼튼해 보였으며, 잠이 들어 고개가 앞으로 수그러져 있는지라 주름살도 별로 드러나지 않았다. 셔츠는 그의 돛과 마찬가지로 수없이 누덕누덕 기워진 것이었는데, 기워 붙인 조각들은 햇볕에 바래 여러 가지 다른 색조를 띠고 있었다. 노인의 머리는 몹시 늙어 보였으며, 두 눈을 감은 얼굴은 생기가 하나도 없었다. 무릎 위에 가로놓인 신문은 늘어진 한쪽 팔에 눌려 저녁 산들바람에 날아가지 않고 있었다. 발은 맨발이었다.

소년은 노인을 그대로 두고 자리를 떴다. 그가 다시 돌아왔을 때에도 노인은 아직 자고 있었다.

"할아버지, 그만 일어나세요." 소년은 노인의 한쪽 무릎에 손을 얹고 말했다.

노인은 눈을 떴다. 잠시 먼 곳에서 돌아오는 듯한 표정을 짓더니 이내 미소를 띠었다.

"들고 온 건 뭐냐?" 그가 물었다.

"저녁이요." 소년은 대답했다. "이제 저랑 저녁 드셔야죠."

"그리 배고프지 않구나."

"그러지 말고 드세요. 빈속으로 고기잡이를 할 순 없잖아요."

"난 그래왔는걸." 노인은 대답하며 의자에서 일어났고 신문을 집어들어 접었다. 그러고 난 뒤 담요도 개기 시작했다.

"담요는 그대로 두르고 계세요." 소년이 말했다. "제가 살아 있는 한 할아버지가 끼니를 거르고 고기 잡는 일은 없을 거예요."

"그럼 몸조심하며 오래오래 살려무나." 노인이 대꾸했다. "그런데 뭘 먹을 거지?"

"검정콩 쌀밥, 바나나 튀김, 그리고 스튜가 조금 있어요."

소년이 테라스에서 이 단으로 된 금속 용기에 담아 온 음식들이었다. 나이프와 포크와 스푼은 한 벌씩 종이 냅킨에 싸여 소년의 호주머니 속에 들어 있었다.

"누가 준 거냐?"

"마틴 씨요. 주인 말이에요."

"그 사람한테 고맙다는 인사를 해야겠구나."

"제가 벌써 했어요." 소년은 말했다. "할아버지가 따로 하실 필요는 없어요."

"큰 물고기를 잡으면 뱃살을 갖다줘야겠다." 노인은 말했다. "전에도 우릴 위해 이렇게 해준 적이 여러 번 있지?"

"그럴걸요."

"그렇담 뱃살 말고도 뭘 더 갖다줘야겠구나. 우리 생각을 아주 많이 해주니까 말이다."

"맥주도 두 병 주셨어요."

"난 캔맥주가 제일 좋더라."

"알고 있어요. 하지만 이건 병에 든 아투에이 맥주*예요. 병은 제가 가면서 갖다줄게요."

"고맙구나." 노인이 말했다. "자, 이제 그만 먹을까?"

"전 아까부터 기다렸는걸요." 소년이 노인에게 상냥하게 말했다. "할아버지가 아직 준비 안 되신 것 같아서 그릇 뚜껑을 열지 않고 있었어요."

"난 이제 준비됐다." 노인은 말했다. "손 씻을 시간이 좀 필요했을 뿐이야."

어디서 씻으셨단 말이지? 소년은 생각했다. 마을의 상수도는

_____

* 쿠바 원주민 타이노족의 추장이자 스페인 저항 운동을 이끈 국민영웅 아투에이의 이름을 딴 맥주. 당시 쿠바 사람들이 가장 즐겨 마시던 상표.

거리를 두 개나 내려가야 있었다. 할아버지한테 물도 갖다드려야겠어, 소년은 생각했다. 비누와 좋은 수건도 말이야. 어째서 그 생각을 못했지? 겨울에 입을 셔츠와 겉옷도 한 벌씩 갖다드리고, 구두 같은 것과 담요도 하나 구해드려야겠어.

"스튜 맛이 아주 훌륭하구나." 노인이 말했다.

"야구 소식 좀 들려주세요." 소년이 졸라대듯 말했다.

"아메리칸리그에서는 내가 말한 대로 단연 양키스야." 노인은 행복한 표정으로 말했다.

"오늘 경기에선 졌는데요." 소년이 말했다.

"그건 아무 상관 없단다. 위대한 디마지오가 제 기량을 찾았거든."

"양키스엔 다른 선수들도 있잖아요."

"물론이지. 하지만 디마지오가 없으면 아무것도 안 돼. 다른 쪽 리그에서는, 브루클린과 필라델피아 중에 아무래도 브루클린이라고 봐야 해. 하지만 딕 시슬러*와 그 오래된 야구장**에서 그가 날린 굉장한 직선 타구들을 생각하지 않을 수 없어."

"정말 그런 타구는 여태까지 없었어요. 그렇게 멀리까지 공을 날린 선수는 본 적이 없어요."

"그 사람이 테라스에 들르곤 했던 것 기억나니? 그를 고기잡

---

* 필라델피아 필리스에서 활약했던 선수.
** 1913년 개장한 브루클린의 에베츠 필드 야구장으로, 1950년 딕 시슬러가 브루클린 다저스를 상대로 연장 10회 3점 홈런을 치며 우승을 이끌던 곳.

이에 한 번 데려가고 싶었지만 물어볼 용기를 내지 못했지. 그러다 너한테 좀 물어봐달라고 했는데 너 역시 용기를 내지 못했고."

"그래요. 굉장히 큰 실수였지요. 우리랑 함께 갈 수도 있었는데. 그랬으면 우리 평생의 자랑거리가 되었을 거고 말이에요."

"할 수만 있다면 난 위대한 디마지오를 고기잡이에 데려가고 싶단다." 노인이 말했다. "듣자니 디마지오의 아버지도 어부였다더구나. 아마 그도 우리처럼 가난했던 시절이 있었을 테니 이해하며 들어줄지 몰라."

"위대한 시슬러의 아버지는 한 번도 가난했던 적이 없어요. 그는, 그러니까 시슬러의 아버지는, 제 나이 때 벌써 메이저리그에서 뛰고 있었거든요."

"네 나이 때 난 가로돛을 단 범선의 선원이었지. 아프리카까지 갔던 배였는데 저녁이면 해변을 어슬렁거리는 사자들을 보곤 했단다."

"알아요. 전에 얘기해주셨어요."

"아프리카 이야기를 할까, 야구 이야기를 할까?"

"야구 이야기가 좋겠어요." 소년은 대답했다. "위대한 존 호타 맥그로*에 대해 이야기해주세요." 소년은 J를 '호타'**라고 발음했다.

---

* 볼티모어 오리올스와 뉴욕 자이언츠에서 활약했던 선수이자 감독.
** J의 스페인어 발음.

"맥그로 역시 옛날에 이따금씩 테라스에 오곤 했단다. 하지만 술을 마시면 사나운데다 입까지 거칠어져서 다루기 힘들었지. 그는 야구 못지않게 경마에도 정신이 팔려 있었어. 경주마 명단만은 호주머니에 꼭 넣고 다니면서 전화에 대고 말 이름을 불러대곤 했지."

"훌륭한 감독이었어요." 소년이 말했다. "우리 아버진 그가 최고라고 생각해요."

"그건 맥그로가 이곳에 제일 많이 왔기 때문이지." 노인은 말했다. "듀로셔*가 매년 이곳에 왔다면 네 아버진 그를 제일 훌륭한 감독으로 생각할 거다."

"그럼 정말 제일 훌륭한 감독은 누군가요, 루케인가요 아님 마이크 곤살레스인가요?"**

"두 사람은 우열을 가리기가 쉽지 않아."

"하지만 최고의 어부는 단연 할아버지시죠."

"아냐. 나보다 훌륭한 어부들을 난 많이 알고 있다."

"케 바.*** 소년은 말했다.

"물론 유능한 어부들이 많을 테고 그중엔 훌륭한 어부들도 있겠지요. 하지만 최고는 할아버지뿐이에요."

"고맙다. 넌 날 기쁘게 해주는구나. 부디 우리가 틀렸다는 걸

---

* 메이저리그 선수로 활약했고 은퇴 후 감독으로 명성을 떨침.
** 둘 다 쿠바 출신의 메이저리그 선수로 나중에 쿠바로 돌아와 감독으로 활동.
*** 스페인어로 부정의 의미가 담긴 '천만에요'라는 뜻.

증명할 만큼 너무 커다란 물고기가 나타나지 않기를 빈다."

"할아버지 말씀대로 할아버지 힘이 아직 세다면 그런 물고기는 없을 거예요."

"생각만큼 힘이 세지 않을지도 몰라." 노인은 말했다. "하지만 난 요령을 많이 알고 있지. 결연한 의지도 있고 말이야."

"자, 이제 그만 주무셔야 해요. 내일 아침에 기운차게 나가셔야죠. 전 그릇들 좀 테라스에 갖다줄게요."

"그럼, 잘 자라. 내가 아침에 깨워주마."

"할아버진 제 자명종이세요." 소년은 말했다.

"내겐 나이가 자명종이지." 노인은 말했다. "한데 늙은이들은 어째서 그렇게 일찍 잠에서 깨는 걸까? 하루를 좀더 길게 보내려고?"

"모르겠는데요." 소년은 대답했다. "제가 아는 건 아이들은 늦게까지 깊이 잔다는 것뿐이에요."

"그래, 나도 그랬지." 노인이 말했다. "아침에 늦지 않게 깨워주마."

"우리 배 주인 아저씨가 와서 깨우는 건 왠지 싫어요. 마치 제가 못난 녀석처럼 느껴지거든요."

"알 것 같구나."

"안녕히 주무세요, 할아버지."

소년은 떠났다. 두 사람은 그동안 등불도 없는 식탁에 앉아 식사를 했다. 노인은 어둠 속에서 바지를 벗고 침대로 향했다.

그는 바지에 신문을 끼워넣고 둘둘 말아 베개를 만들었다. 그러고는 담요를 몸에 두르고 침대에 누웠다. 용수철 위에다 옛날 신문들을 깔아놓은 침대였다.

노인은 금세 잠이 들었다. 그는 소년 시절에 가봤던 아프리카의 꿈을 꿨다. 긴 황금빛 해변과 눈이 아플 만큼 아주 새하얀 해변, 높이 솟은 곳, 거대한 갈색 산들이 보였다. 요즘 그는 매일 밤 그곳 해안을 따라 배를 타고 가는 꿈을 꾸었다. 꿈속에서 그는 포효하는 파도 소리를 들었고 원주민들의 배가 파도를 헤치며 다가오는 것도 보았다. 잠결에 갑판의 타르 냄새와 뱃밥 냄새를 맡았고, 아침이면 육지의 산들바람에 실려오는 아프리카 냄새를 맡았다.

그는 대개 육지의 산들바람 냄새를 맡으며 잠에서 깨어나 옷을 입고 소년을 깨우러 가곤 했다. 하지만 오늘 밤은 육지의 산들바람 냄새가 아주 일찍 맡아졌다. 꿈결에도 아직 너무 이른 시간이라는 걸 알았지만 그는 계속 꿈을 꾸었다. 바다 위로 솟아오른 카나리아 군도의 하얀 산봉우리들을 보았고, 산봉우리들에 이어 카나리아 군도의 여러 항구와 정박지들이 꿈속에 나타났다.

그는 폭풍우 치는 꿈은 더이상 꾸지 않았다. 여자나 큰 사건도, 커다란 물고기도, 싸움이나 힘겨루기 대회도, 그리고 아내도 더이상 꿈에 나타나지 않았다. 오직 이런저런 장소들과, 해변을 어슬렁거리는 사자들 꿈만 꾸었다. 사자들은 황혼 속에서

새끼 고양이들처럼 장난을 쳤다. 그는 소년을 좋아하는 만큼 사자를 좋아했다. 소년을 꿈에서 본 적은 한 번도 없었다. 노인은 문득 잠에서 스르르 깨어났다. 그는 열린 문틈으로 달을 쳐다보다가 베고 자던 바지를 펴서 입었다. 그러고는 오두막 밖으로 나와 오줌을 싼 뒤 길 위쪽 방향으로 소년을 깨우러 갔다. 노인은 차가운 새벽 공기에 몸이 덜덜 떨렸다. 하지만 그렇게 떨다 보면 몸이 훈훈해질 것이며, 곧 노를 젓느라 열이 나리라는 걸 알고 있었다.

소년의 집은 잠겨 있지 않았다. 노인은 문을 열고 맨발로 조용히 안으로 들어갔다. 소년은 첫번째 방의 간이침대에서 자고 있었다. 기울어가는 달빛이 비쳐들어 노인은 소년을 분명히 알아볼 수 있었다. 그는 소년의 한쪽 발을 살며시 잡고는 그대로 기다렸다. 소년은 이윽고 눈을 뜨더니 고개를 돌려 노인을 바라보았다. 노인이 고개를 끄덕이자 소년은 침대 옆 의자에서 바지를 끌어당겨 침대에 앉은 채로 입었다.

노인은 밖으로 나갔다. 소년도 뒤따라 나왔다. 노인은 아직 졸려 하는 소년의 어깨를 감싸며 말했다. "미안하구나."

"케 바." 소년은 대답했다. "남자라면 해야 할 일인데요."

두 사람은 노인의 오두막이 있는 곳으로 길을 따라 내려갔다. 길에는 맨발의 사내들이 각자 자기 배의 돛대를 메고 어둠 속을 잇따라 걸어가고 있었다.

노인의 오두막에 이르렀을 때 소년은 바구니에 든 낚싯줄 다

발과 작살과 갈고리를 집어들었고 노인은 돛이 감긴 돛대를 어깨에 멨다.

"커피 드시겠어요?" 소년이 물었다.

"이것들 먼저 배에 갖다놓고, 그리고 마시자꾸나."

두 사람은 어부들을 상대로 아침 일찍 문을 여는 식당에서 연유 깡통에 따른 커피를 마셨다.

"잘 주무셨어요, 할아버지?" 소년이 물었다. 졸음을 쫓아내는 일이 아직 쉽지는 않았지만 소년은 이제 정신이 거의 든 상태였다.

"아주 잘 잤단다, 마놀린." 노인은 대답했다. "오늘은 뭔가 확실한 느낌이 드는구나."

"저도요." 소년이 말했다. "이제 할아버지가 쓸 정어리와 제가 쓸 정어리 그리고 할아버지 미끼고기를 갖다드릴게요. 우리 주인 아저씨는 고기잡이 도구를 직접 들고 와요. 절대 다른 사람이 운반하게 내버려두지 않아요."

"우린 다 제각각이니까." 노인은 대답했다. "난 네가 다섯 살 때부터 도구를 운반하게 했잖니."

"맞아요." 소년은 말했다. "금방 돌아올게요. 커피 한 잔 더 드세요. 여긴 우리 단골이라 괜찮아요."

소년은 맨발로 산호암이 깔린 길을 걸어서 미끼고기를 맡겨놓은 얼음 창고 쪽으로 갔다.

노인은 커피를 천천히 마셨다. 이제 하루 종일 아무것도 못

먹을 테니 커피를 마셔두어야 했다. 꽤 오래전부터 먹는 일이 귀찮아진 그는 점심을 싸가는 법이 없었다. 물 한 병이 뱃머리에 있었고 그것으로 하루를 충분히 견딜 수 있었다.

소년이 정어리 몇 마리와 신문지에 싼 미끼고기 두 마리를 들고 돌아왔다. 두 사람은 자갈 섞인 모래의 감촉을 발밑으로 느끼면서 오솔길을 따라 노인의 배가 있는 곳으로 내려갔다. 그러고는 배를 들어올려 물에 띄웠다.

"행운을 빌어요, 할아버지."

"그래, 너도." 노인이 말했다. 그는 노를 잡아매는 밧줄을 노걸이 못에다 끼워 묶었다. 그러고는 몸을 앞으로 기울여 노로 물을 힘껏 밀쳐내며 어둠 속에서 항구 밖으로 배를 저어가기 시작했다. 저쪽 해변에서도 다른 배들이 바다로 나가고 있었다. 달이 언덕 너머로 져버린 뒤라 배들이 보이지는 않았지만 그들이 노 젓는 소리가 노인의 귀에 들려왔다.

이따금 누군가가 배에서 이야기하는 소리가 들렸다. 하지만 대부분의 배들은 노 젓는 소리를 빼면 조용했다. 배들은 항구 어귀를 빠져나간 뒤 뿔뿔이 흩어졌다. 그러고는 제각각 물고기가 잡힐 것 같은 해역을 향해 나아갔다. 노인은 멀리까지 나가볼 작정이었다. 그는 육지 냄새를 뒤로하고 깨끗한 새벽 바다 냄새 속으로 노를 저어나갔다. 어부들이 '큰 우물'이라고 부르는 곳을 지나갈 때 물속에서 멕시코 만 해초의 인광燐光이 보였다. 수심이 갑자기 칠백 길* 이상 깊어져서 큰 우물이라고 불

리는 그곳은 해류가 해저의 가파른 절벽에 부딪혀서 생기는 소용돌이 때문에 온갖 종류의 물고기들이 모여들었다. 새우와 미끼용 물고기 들이 바로 여기로 모여들었고 때로는 오징어 떼도 저 깊은 구멍 속에 모여 있었다. 이들은 밤이 되면 수면 가까이까지 올라오는데, 그러면 떠돌아다니던 큰 물고기들이 그것들을 잡아먹었다.

　어둠 속에서 노인은 아침이 밝아오는 걸 느낄 수 있었다. 노를 저어가는 동안, 날치가 몸을 부르르 떨며 수면 위로 치솟는 소리와 어둠 속 저 멀리 솟구쳐 날며 빳빳이 세운 날개로 공기를 쉬쉬쉭 가르는 소리가 들려왔다. 그는 날치를 매우 좋아했는데, 바다에서 제일 좋은 친구가 되어주기 때문이었다. 새들은 가여웠다. 특히 늘 먹이를 찾아 날아다니지만 허탕치기 일쑤인 작고 가냘프고 까만 제비갈매기가 몹시 가여웠다. 노인은 생각했다, 새는 우리보다 더 고달픈 삶을 살고 있지, 도둑갈매기나 크고 강한 새들을 빼곤 말이야. 바다가 그토록 잔인할 수 있는데 어쩌자고 저 제비갈매기처럼 가냘프고 여린 새들을 창조했담? 바다는 상냥하고 아주 아름다워. 하지만 몹시 잔인해질 수 있어, 그것도 아주 갑자기. 작고 구슬픈 소리를 내며 날아다니다가 먹이를 잡으려고 물속을 쪼아대는 저 새들은 바다에 살기에는 너무 가냘프게 창조되었어.

---

* 한 길은 어른 한 명의 키와 같은 깊이로 약 1.8미터에 해당함.

노인은 언제나 바다를 '라 마르la mar'라고 생각했다. 그것은 사람들이 바다를 다정하게 부를 때 쓰는 스페인어였다. 바다를 사랑하는 사람들도 이따금 바다를 나쁘게 말하긴 하지만 그런 때도 항상 바다를 여자처럼 여기며 말했다. 젊은 어부들 가운데, 상어 간으로 한창 벌이가 좋을 때 구입한 모터보트를 타고 다니며, 찌 대신 부표를 낚싯줄에 매달아 사용하는 자들은 바다를 남성인 '엘 마르el mar'라고 불렀다. 그들은 바다를 경쟁자나 투쟁 장소, 심지어 적처럼 여기며 말했다. 하지만 노인은 언제나 바다를 여성으로 생각했고, 큰 호의를 베풀어주거나 거절하는 어떤 존재로 생각했다. 만약 바다가 사납고 악한 행동을 한다면 그건 바다도 어쩔 수 없어서 그러는 것이었다. 여자와 마찬가지로 바다는 달의 영향을 받는다는 게 노인의 생각이었다.

노인은 꾸준히 노를 저었다. 무리하게 속도를 내려 하지 않았고 또 이따금씩 해류가 소용돌이치는 것을 제외하고는 바다 표면이 잔잔했으므로 전혀 힘들지 않았다. 그는 배를 움직이는 힘의 삼분의 일을 해류에 맡겨놓았다. 날이 환해지기 시작했을 무렵 노인은 시간상 그가 기대했던 것보다 꽤 멀리 나왔음을 알아차렸다.

일주일 동안 깊은 우물 부근을 돌아다녔지만 아무 소득도 없었지, 노인은 생각했다. 오늘은 가다랑어와 날개다랑어 떼가 있는 곳으로 나가서 잡아봐야겠어. 어쩌면 그놈들 사이에 큰 놈이 있을지도 몰라.

날이 완전히 환해지기 전에 노인은 미끼를 드리우고는 배를 해류에 맡겨 떠내려가게 했다. 미끼 하나는 사십 길까지 내려뜨렸다. 두번째 미끼는 칠십오 길, 그리고 세번째와 네번째는 각각 백 길과 백이십 길까지 푸른 바닷속으로 내려뜨렸다. 각각의 미끼는 단단히 묶고 꿰어 머리를 아래쪽으로 향한 채 드리워져 있었다. 낚싯바늘의 중심은 미끼고기 안에 깊숙이 끼워져 있었고, 밖으로 튀어나온 구부러진 부분과 뾰족한 끝부분은 모두 싱싱한 정어리들로 가려놓았다. 휘어진 낚싯바늘에 두 눈이 꿰여 나란히 연결된 정어리들은 반원형의 화환 모양을 이루었다. 큰 물고기가 와서 입질을 할 때 낚싯바늘의 어느 한곳도 향긋하고 달콤한 냄새와 맛을 풍기지 않는 부분이 없을 터였다.

소년이 준 미끼고기는 다랑어, 그중에서도 싱싱한 날개다랑어 새끼 두 마리였는데, 그것들은 제일 깊이 드리운 두 개의 낚싯줄에 추처럼 매달려 있었고, 나머지 두 개의 줄에는 어제 쓰고 남은 큰 청줄무늬 전갱이와 갈전갱이가 각각 매달려 있었다. 쓰고 남은 것들이지만 아직 상태가 좋았고, 아주 싱싱한 정어리로 둘러싸여 있어서 맛 좋은 냄새가 나고 먹음직해 보였다. 굵은 연필만큼이나 두꺼운 각각의 낚싯줄에는 초록색 막대찌가 묶여 있어서 고기가 미끼를 조금이라도 물거나 당기면 찌는 곧바로 곤두박질치게 되어 있었다. 각각의 줄은 사십 길씩 둘둘 말아 두 뭉치로 나눠놓았는데, 여분의 다른 줄 뭉치에 연결할 수 있어서 필요한 경우 물고기가 삼백 길 이상 끌고 나가도 끄

떡없었다.

노인은 이제 막대찌 세 개가 물속에 잠길락 말락 하는 것을 뱃전 너머로 지켜보다가 살며시 배를 저어 낚싯줄이 적당한 깊이에서 오르락내리락하며 팽팽하게 드리워지도록 했다. 날은 완전히 밝았고 금방이라도 해가 떠오를 것 같았다.

바다 위로 해가 가늘게 얼굴을 내비치자 다른 배들이 보이기 시작했다. 수면에 낮게 떠 있는 배들은 해안 쪽으로 한참 뒤처진 채 해류를 가로질러 넓게 흩어져 있었다. 햇빛은 더욱 환해지더니 수면 위로 강렬한 섬광을 뿌리기 시작했다. 조금 후 태양이 완전히 떠오르자 잔잔한 바다에 빛이 반사되어 눈이 몹시 부시고 아팠다. 그래서 노인은 햇빛을 보지 않고 노를 저었다. 그는 바다를 내려다보며 어두운 바다 밑으로 팽팽히 드리워진 낚싯줄을 지켜보았다. 노인은 그 누구보다도 낚싯줄을 팽팽하게 드리웠는데, 그래야만 각각의 줄에 달린 미끼가 어두운 바닷속 그가 원하는 깊이에 정확히 위치하여 뭐가 됐든 그곳을 헤엄치는 물고기를 기다릴 것이기 때문이다. 다른 어부들은 줄을 해류에 내맡겨 늘어지게 했다. 그래서 이따금 줄이 백 길 깊이에 드리워졌다고 생각하지만 실제로는 육십 길밖에 안 되곤 했다.

나는 줄을 정확하게 드리우지, 노인은 생각했다. 다만 더이상 운이 없을 뿐이야. 하지만 누가 알아? 오늘이라도 운이 트일지? 매일매일이 새로운 날인걸. 운이 있다면야 물론 더 좋겠지. 하지만 난 우선 정확하게 하겠어. 그래야 운이 찾아왔을 때 그걸

놓치지 않으니까.

해가 떠오른 지 두 시간쯤 되자 동쪽을 바라봐도 눈이 그다지 아프지 않았다. 주변에 보이는 배는 이제 세 척밖에 없었는데, 그나마도 멀리 해안 쪽에 아주 낮게 떠 있었다.

아침 햇살 때문에 평생 눈이 아파 고생하는군, 노인은 생각했다. 하지만 두 눈 다 아직 멀쩡해. 저녁 땐 해를 똑바로 바라봐도 앞이 캄캄해지거나 하질 않지. 사실 저녁 햇살이 더 강하기도 해. 하지만 아침 햇살은 눈이 아프단 말이야.

바로 그때 군함새 한 마리가 길고 검은 날개를 펴고 앞쪽 하늘에서 맴돌고 있는 것이 보였다. 새는 날개를 뒤로 젖힌 채 비스듬히 급강하하더니 다시 하늘을 맴돌았다.

"저놈이 뭔가를 봤군." 노인은 큰 소리로 말했다. "그냥 둘러보는 게 아냐."

노인은 새가 맴돌고 있는 곳을 향해 천천히, 꾸준하게 노를 저어갔다. 그는 서두르지 않았으며, 낚싯줄도 팽팽하게 오르락내리락하도록 유지했다. 해류를 뒤에서 약간 밀듯이 하며 나아갔으므로, 새를 이용하지 않고 그냥 고기잡이를 하는 경우보다는 좀더 빠르게 나아갔지만, 여전히 정확한 고기잡이를 유지하고 있었다.

새는 좀더 높이 날아오르더니 날갯짓을 멈춘 채 다시금 맴돌았다. 그러다가 갑자기 수면을 향해 급강하했다. 날치가 물속에서 뛰어올라 수면 위를 필사적으로 날아가는 것이 보였다.

"만새기야." 노인은 크게 소리쳤다. "커다란 만새기 떼야."

노인은 노를 거두어들이고는 뱃머리 밑에서 가는 낚싯줄을 꺼냈다. 철사로 된 목줄에 중간 크기의 낚싯바늘이 달린 줄이었다. 노인은 정어리 하나를 미끼로 꿰었다. 그것을 뱃전 너머로 던지고 줄은 고물에 있는 고리 달린 나사못에 단단히 매어두었다. 그런 다음 또다른 줄에 미끼를 꿰어서 뱃머리의 그늘진 곳에 둘둘 말아놓았다. 노인은 다시 노를 저으며 날개가 긴 그 검은 새가 고기를 쫓는 모습을 지켜보았다. 새는 이제 수면 위를 낮게 날고 있었다.

노인이 지켜보는 동안 새는 다시 한 번 날개를 비스듬히 젖힌 채 수면을 향해 급강하했다. 그러고는 날개를 거칠게 퍼덕이며 날치를 향해 달려들었지만 헛수고였다. 노인은 수면이 약간 부풀어오르는 것을 볼 수 있었는데, 큰 만새기 떼가 달아나는 날치들을 뒤쫓느라 생긴 것이었다. 만새기들은 날치가 날아가는 바로 밑에서 바닷물을 헤치며 달렸다. 전속력으로 달려가서는 날치들이 물속으로 떨어지는 순간 바로 그 자리에 있으려는 것이었다. 굉장히 큰 만새기 떼로군, 노인은 생각했다. 녀석들이 넓게 퍼져 있어서 날치들이 살아남을 가망은 거의 없겠군. 새도 헛수고만 하겠어. 녀석한텐 날치가 너무 큰데다가 너무 빨라.

노인은 날치가 계속해서 수면 위로 뛰어오르는 모습과 새의 헛된 동작을 지켜보았다. 저 날치 떼는 잡을 수 없겠군, 그는 생각했다. 놈들은 너무 빨리 그리고 너무 멀리 달아나고 있어. 하

지만 뒤처진 한두 마리는 잡을 수 있을지 몰라. 어쩌면 내가 잡고 싶은 큰 물고기가 그놈들 근처에 있을지도 모르지. 내 큰 물고기는 어딘가에 틀림없이 있을 거야.

육지 위 구름은 이제 산처럼 높이 피어올랐다. 해안은 기다란 한 줄기 초록색 선에 불과해 보였고, 그 뒤로 푸르스름한 회색빛 능선이 이어져 있었다. 바닷물은 이제 검푸른 빛을 띠었는데, 검푸르다 못해 거의 자줏빛으로 보일 지경이었다. 노인은 물속을 내려다보았다. 짙푸른 물속에는 체로 거른 듯 넓게 퍼진 플랑크톤이 빨갛게 떠 있었고, 비쳐든 햇빛으로 인해 묘한 광선이 드리워져 있었다. 노인은 낚싯줄이 물속 깊이 곧장 팽팽하게 드리워졌는지 살펴보았다. 플랑크톤이 그처럼 많은 것을 보고 그는 기분이 좋았는데, 그건 물고기가 모여든다는 것을 뜻했기 때문이다. 해가 한층 높이 떠오른 지금 햇빛이 물속에 그렇게 묘한 광선을 드리운 것은 날씨가 좋다는 걸 의미했다. 육지 위의 구름 모양 역시 같은 의미였다. 하지만 새는 이제 거의 시야에서 사라져버렸고 수면 위로는 아무것도 보이지 않았다. 오직 햇빛에 바랜 누런 멕시코 만 해초 몇 덩어리가 떠 있고, 젤리로 된 부레 같은 온전한 형체의 자주색 고깔해파리가 배 바로 곁에서 무지갯빛을 반사하며 떠내려가고 있을 뿐이었다. 해파리는 몸체를 옆으로 뒤집었다가 다시 똑바로 했다. 치명적인 독이 있는 자줏빛 기다란 촉수를 물속으로 일 미터 가까이나 길게 늘어뜨린 채 해파리는 마치 비눗방울처럼 유쾌하게 떠내려갔다.

"아구아 말라*로군." 노인은 말했다. "갈보 같은 놈."

노를 써서 배를 가볍게 돌리면서 노인은 물속을 내려다보았다. 길게 늘어진 해파리의 촉수와 색깔이 같은 잔물고기들이 촉수 사이에서, 또는 해파리가 떠내려가며 만든 작은 그늘 밑에서 헤엄치고 있었다. 그것들은 해파리 독에 면역성이 있었다. 하지만 사람은 그렇지 않았다. 그래서 촉수 일부가 낚싯줄에 걸려 자주색으로 끈끈하게 달라붙어 있다가 노인이 고기를 잡아당길 때 닿기라도 하면 덩굴옻이나 옻나무를 만졌을 때처럼 손과 팔에 두드러기와 발진이 생기곤 했다. 특히 이 아구아 말라의 독은 아주 빨리 퍼졌고 채찍으로 얻어맞은 듯한 증상을 보였다.

무지갯빛 비눗방울 같은 모습의 이 해파리들은 아름다웠다. 하지만 바다에서 가장 위선적인 존재이기도 했다. 노인은 커다란 바다거북들이 그것들을 잡아먹는 모습을 보면 좋아했다. 바다거북은 이 해파리를 발견하면 정면에서 접근한다. 그런 다음 눈을 감고 자기 몸을 등딱지로 완전히 덮은 채 촉수고 뭐고 남김없이 다 먹어치운다. 노인은 그렇게 해파리를 잡아먹는 바다거북의 모습을 보는 걸 좋아했고, 또 폭풍우가 지나간 뒤 해변에 밀려온 해파리를 밟으며 걷는 걸 좋아했다. 뿔처럼 딱딱하게 굳은 발바닥으로 놈들을 밟을 때 펑펑 터지는 소리를 들으면 기분이 좋았다.

---

* 스페인어로 '나쁜 물'이라는 뜻.

노인은 초록바다거북과 대모거북을 특히 좋아했는데, 우아하고 재빠른데다 값이 아주 많이 나가기 때문이었다. 반면에 등갑주가 누렇고 교미하는 모습이 괴상하며 눈을 감은 채 만족스러운 듯이 고깔해파리들을 먹어치우는, 멍청하고 덩치 큰 붉은바다거북에 대해서는 친밀감과 함께 경멸감도 품고 있었다.

노인은 여러 해 동안 바다거북잡이 배를 타고 다닌 적이 있지만 바다거북에 대해 아무런 신비감도 없었다. 그는 그것들을 모두 안쓰럽게 여겼다. 몸통 길이가 노인의 조각배만 하고 무게가 일 톤이나 나가는 그 거대한 장수거북조차도 안쓰러웠다. 사람들은 대부분 바다거북을 그냥 무정하게 다루는데, 왜냐하면 거북의 심장은 칼로 몸을 잘라 도살하고 난 뒤에도 몇 시간 동안이나 멈추지 않고 뛰기 때문이다. 하지만 노인은 나도 저런 심장을 가지고 있고 내 손과 발도 거북의 것과 다를 바 없어, 하고 생각했다. 그는 기력을 얻으려고 바다거북의 흰 알을 먹었다. 오월 한 달 내내 먹었는데, 구월과 시월에 정말로 큰 물고기를 잡을 때 충분히 힘을 쓰기 위해서였다.

노인은 또한 많은 어부들이 어구를 맡겨두는 창고의 큰 드럼통에서 매일 상어간유를 한 컵씩 받아 마셨다. 원하는 사람은 누구나 마실 수 있도록 갖다놓은 간유였다. 대부분의 어부들은 그 맛을 싫어했다. 하지만 매일 아침 일찍 일어나야 하는 일보다는 견디기 쉬운 맛이었고, 각종 감기나 독감에 효과가 아주 좋은데다 또 눈에도 좋았다.

노인은 이제 고개를 들어 위를 쳐다보았다. 새가 다시 하늘을 맴돌고 있었다.

"녀석이 물고기를 찾았구나." 그는 큰 소리로 말했다. 날치가 수면을 차고 날아오르지도 않았고, 먹잇감이 되어 쫓기며 흩어지는 잔물고기들도 보이지 않았다. 하지만 노인은 지켜보았고, 그러자 작은 다랑어 한 마리가 공중으로 솟구쳐오르더니 한 바퀴 빙그르르 돌다가 대가리를 처박으며 물속으로 떨어졌다. 햇살을 받은 다랑어는 은빛으로 빛났다. 그것이 물속으로 떨어지고 난 뒤 또 한 마리가 뛰어올랐고 이어 다시 또 한 마리가 뛰어올랐다. 그러자 사방팔방에서 다랑어가 마구 뛰어오르기 시작하더니 수면을 온통 휘저어대며 먹잇감을 쫓아 길게 솟구쳐올랐다가 떨어졌다. 다랑어들은 먹잇감을 에워싸며 쫓아가고 있었다.

녀석들이 너무 빨리 이동하지만 않는다면 따라잡을 수 있을 텐데, 노인은 생각했다. 그는 다랑어 떼가 수면에 하얀 물거품을 일으키는 것과, 겁에 질려 꼼짝없이 수면으로 내몰린 먹이 물고기들을 향해 새가 물속으로 낙하하며 뛰어드는 광경을 지켜보았다.

"새는 큰 도움이 된단 말이야." 노인은 말했다. 바로 그때 고리를 지어 밟고 있던 고물 쪽의 낚싯줄이 발밑에서 팽팽해졌다. 노인은 노를 놓고는 줄을 꽉 쥔 채 몸 쪽으로 끌어당기기 시작했다. 줄을 물고 부르르 떨며 버티는 작은 다랑어의 무게가 느

껴졌다. 줄을 당길수록 팽팽하게 떨리는 줄의 느낌은 점점 강해졌다. 물속에서 다랑어의 푸른 등과 금빛 옆구리가 보였고, 다음 순간 노인은 줄을 힘껏 잡아올려 다랑어를 뱃전 이편으로 끌어당겼다. 다랑어는 뱃고물 쪽에 떨어져 햇빛을 받으며 누워 있었다. 총알처럼 생긴 단단한 물고기는 크고 멍한 두 눈을 빤히 뜬 채 날렵하고 민첩한 꼬리를 세차게 파닥거리며 사력을 다해 바닥 판자 위에서 철썩철썩 요동쳤다. 노인은 친절하게도 단번에 죽여주려고 다랑어의 머리를 힘껏 내리쳤다. 그러고는 아직 떨고 있는 다랑어를 발로 차서 뱃고물의 그늘진 곳으로 옮겼다.

"날개다랑어군." 노인은 큰 소리로 말했다. "훌륭한 미끼가 되겠어. 4.5킬로그램은 족히 넘겠군."

노인은 자신이 언제부터 이렇게 큰 소리로 혼잣말을 하기 시작했는지 기억나지 않았다. 옛날에 혼자 있을 때 노래를 불렀던 기억은 있다. 스맥 선船*이나 거북잡이 배에서 밤 당번이 되어 혼자 키를 잡고 있을 때면 이따금 노래를 부르곤 했다. 아마 혼자 이렇게 큰 소리로 말하기 시작한 건 소년이 떠나고 난 뒤부터가 아닌가 싶었다. 하지만 기억나지 않는다. 소년과 함께 고기잡이를 할 때 두 사람은 대개 필요할 때만 이야기를 했다. 폭풍우로 날씨가 나빠 고기잡이를 나가지 못할 때나 밤이 되면 그들은 이야기를 주고받았다. 하지만 바다에서는 쓸데없이 이야

---

* 활어를 운반할 수 있는 어선.

기를 하지 않는 것을 미덕으로 여겼기 때문에 노인도 항상 그렇게 생각하면서 지켰다. 그러나 이젠 아무에게도 피해를 주지 않으므로 그는 자주 자신의 생각을 큰 소리로 지껄여대곤 했다.

"이렇게 큰 소리로 혼자 지껄이는 걸 들으면 사람들은 내가 미쳤다고 생각하겠지." 노인은 큰 소리로 말했다. "하지만 난 미치지 않았으니까 괜찮아. 돈 있는 사람들은 라디오가 있어서 배에서 이야기나 야구 소식을 듣거나 하겠지만 말이야."

지금은 야구 생각을 할 때가 아니야, 노인은 생각했다. 지금은 오직 하나만 생각할 때야. 내 본업인 고기잡이만 생각해야 돼. 저 다랑어 떼 주변에 큰 물고기가 있을지도 몰라, 노인은 생각했다. 난 먹이를 쫓는 다랑어 떼 가운데 뒤처진 놈 하나를 낚았을 뿐이야. 다랑어 떼는 모두 빠르게 멀리 이동하고 있어. 오늘따라 수면에 보이는 것들 모두가 아주 빠르게, 북동쪽으로 이동해가는군. 지금이 하루 중 바로 그럴 때인가? 아니면 내가 모르는 날씨의 어떤 징후인가?

초록색 선으로 보이던 해안은 이제 더이상 눈에 띄지 않았다. 다만 눈 덮인 듯이 꼭대기가 하얗게 보이는 파란 산봉우리들과 그 위로 높은 설산처럼 피어오른 뭉게구름만이 겨우 보였다. 바다는 아주 검푸른 색이었고 햇빛은 물에 반사되며 무지갯빛으로 부서졌다. 무수히 밀집한 반점처럼 떠 있던 플랑크톤 떼는 높이 내리쬐는 햇빛을 받아 모두 사라져버렸다. 이제 노인의 눈에 보이는 거라곤 무지갯빛 광채를 반사하는 깊고 넓은 짙푸른

바다와, 천오백 미터가 넘는 깊은 바다에 곧게 드리워진 낚싯줄 밖에 없었다.

다랑어 떼는 물속으로 사라지고 없었다. 어부들은 이 종류의 물고기들을 모두 다랑어라고 불렀다. 팔거나 미끼용 고기 등과 교환할 때만 구분해서 그 본래의 이름으로 불렀다. 이제 태양은 뜨거웠다. 노인은 뒷덜미에서 뜨거운 햇빛을 느낄 수 있었고 노를 저을 때 등을 타고 땀방울이 흘러내리는 게 느껴졌다.

물결에 배를 맡기고 눈 좀 붙여도 되겠지, 노인은 생각했다. 낚싯줄 고리를 발가락에 걸어놓으면 곧바로 깰 수 있어. 그나저나 오늘은 팔십오 일째 되는 날이니, 뭔가 제대로 된 고기를 잡아야 할 텐데.

바로 그때였다. 낚싯줄을 지켜보던 노인의 눈에, 수면 위로 삐죽 나와 있던 초록색 막대찌 하나가 물속으로 확 꺼지는 게 보였다.

"옳거니." 노인은 말했다. "그렇지." 그러고는 배에 부딪히지 않도록 조심스럽게 노를 거두어들였다. 그는 낚싯줄을 향해 팔을 뻗어 오른손 엄지손가락과 집게손가락으로 살며시 줄을 잡고 느꼈다. 잡아당기는 힘이나 무게가 전혀 느껴지지 않았다. 그는 줄을 가볍게 쥐고 기다렸다. 그러자 곧 느낌이 다시 왔다. 이번엔 시험 삼아 한번 물어보는 듯한 느낌이었다. 노인은 그게 뭘 뜻하는지 정확히 알고 있었다. 백 길 아래 물속에서 청새치 한 마리가 낚싯바늘에 걸린 정어리를 막 물려고 하는 것이다.

다랑어 새끼가 꿰인 낚싯바늘 중심부와, 그 다랑어의 대가리 위로 튀어나온, 손으로 구부려 만든 작은 바늘 끝부분을 온통 뒤덮고 있는 정어리를 말이다.

노인은 낚싯줄을 조심스럽게 잡았다. 그러고는 왼손으로 살며시 줄에서 막대찌를 풀어냈다. 이젠 고기가 아무런 저항도 느끼지 못하게 손가락 사이로 줄을 풀어줄 수 있었다.

이렇게 먼 바다인데다, 계절상으로도 굉장히 큰 놈임에 틀림없어, 노인은 생각했다. 고기야, 정어릴 물어라. 어서 물어. 제발 어서 물어. 참으로 싱싱한 정어리란다. 백팔십 미터나 되는 거기 깊고 차갑고 깜깜한 물속에서 얼마나 맛있는 먹이냐. 깜깜한 물속을 한 바퀴 다시 돌고 와서 어서 정어릴 물어라.

노인은 가볍고 조심스러운 입질을 느꼈다. 그런 다음 좀더 세찬 입질이 가해졌다. 정어리 대가리를 바늘에서 뜯어내기가 보기보다 힘들었음에 틀림없다. 그러고 나더니 아무런 움직임도 없었다.

"자, 자." 노인은 큰 소리로 말했다. "어서 한 바퀴 다시 돌거라. 냄새만 한번 맡아보렴. 군침이 돌지 않니? 어서 정어릴 맛있게 먹으렴. 다음에는 다랑어가 있단다. 살이 단단하고 차갑고 맛 좋은 다랑어 말이다. 자, 망설이지 마라, 고기야. 어서 달려들어."

노인은 엄지와 집게손가락으로 낚싯줄을 잡고 가만히 지켜보며 기다렸다. 동시에 다른 낚싯줄에서도 눈을 떼지 않았는데,

고기가 위나 아래로 헤엄쳐 옮겨갈 수도 있었기 때문이다. 그때, 아까처럼 미끼를 건드리는 조심스러운 입질이 다시금 느껴졌다.

"이번엔 확실히 물 거야." 노인은 큰 소리로 말했다. "하느님, 놈이 미끼를 물게 해주옵소서."

하지만 고기는 물지 않았다. 녀석은 그냥 가버렸고 낚싯줄에서는 아무것도 느껴지지 않았다.

"녀석이 가버렸을 리 없어." 노인이 말했다. "절대 그냥 가버렸을 리 없어. 한 바퀴 돌고 있을 거야. 아마 예전에 낚싯바늘에 걸린 적이 있는 놈이라 뭔가 기억나서 그러는 걸 거야."

그때 가볍게 건드리는 입질이 낚싯줄에 느껴졌다. 노인은 기뻤다.

"그래, 한 바퀴 도느라고 그런 것뿐이었어." 노인은 말했다. "이번엔 물 거야."

가볍게 당기는 힘이 느껴지자 노인은 기뻤다. 다음 순간 노인은 뭔가 거세고 믿을 수 없을 만큼 무거운 힘을 느꼈다. 그건 분명 물고기의 무게였다. 노인은 줄을 풀었다. 둘둘 감아 두 뭉치로 나눠놓았던 여분의 줄 한 뭉치에서 줄이 술술술 풀려나갔다. 엄지와 집게손가락으로 거의 감지되지 않을 정도로 살며시 줄을 쥐고 있었지만, 줄이 손가락 사이로 미끄러지듯 가볍게 풀려나갈 때 노인은 여전히 물고기의 엄청난 무게를 느낄 수 있었다.

"이거 굉장한 놈인데!" 노인은 말했다. "이 녀석 지금 미끼를

입안에 가로로 물고서 그 상태로 달아나고 있어."

그러다가 돌아서서는 미끼를 삼키겠지, 노인은 생각했다. 그는 이 생각만은 소리 내서 말하지 않았다. 좋은 일을 미리 입밖에 꺼냈다가는 한순간 날아가버릴 수도 있다는 걸 잘 알고 있었기 때문이다. 노인은 녀석이 엄청나게 큰 물고기임을 알았다. 입안에 다랑어를 옆으로 문 채 어두운 바닷속을 헤엄쳐가는 녀석의 모습이 머릿속에 그려졌다. 순간 녀석이 멈추는 게 느껴졌다. 하지만 녀석의 무게는 여전히 감지되었다. 그러다가 다시 무게가 좀더 세게 느껴졌고, 노인은 즉시 줄을 더 풀어주었다. 그러고는 줄을 쥔 엄지와 집게손가락에 한순간 힘을 주었다. 그러자 무게가 좀더 세게 느껴지더니 곧장 아래로 끌려가는 듯한 느낌이 들었다.

"놈이 미끼를 확실히 물었어." 노인은 말했다. "자, 이제 잘 삼키게 도와줄 차례야."

노인은 손가락 사이로 줄이 미끄러져나가게 하는 한편으로 왼손을 뻗어, 두 뭉치로 나눠 감아놓은 여분의 줄 끝을 역시 두 뭉치로 나눠 감아놓은 바로 옆 낚싯줄의 여분의 줄 끝에 고리를 만들어 단단히 묶었다. 이제 준비가 다 끝났다. 지금 사용하고 있는 한 뭉치의 줄 말고도 사십 길짜리 여분의 줄 뭉치가 세 개나 더 있는 것이었다.

"좀더 삼키렴." 노인은 말했다. "꿀꺽 삼켜."

바늘 끝이 네 심장에 박혀서 목숨을 끊어놓도록, 자, 어서 꿀

껵 삼키려무나, 노인은 생각했다. 힘들이지 말고 곧바로 떠올라 작살을 네 몸속에 푹 찔러넣게 해다오. 그래, 좋아. 이제 준비됐지? 이제 먹을 만큼 충분히 먹었겠지?

"자!" 노인은 큰 소리로 말했다. 그러고는 두 손으로 줄을 힘차게 잡아당겨 일 미터 정도 끌어올렸다. 그런 다음 다시 줄을 세차게 잡아당겼다. 온 힘을 다해 팔로 당기고 온몸의 무게를 축으로 하여 버틴 채 두 팔을 번갈아 내밀며 힘껏 줄을 끌어당겼다.

아무런 소용이 없었다. 물고기는 계속해서 천천히 달아나고 있을 뿐 노인은 녀석을 한 치도 끌어올릴 수 없었다. 줄은 큰 물고기를 잡기 위해 만든 튼튼한 것이었다. 노인은 줄을 등에다 감았다. 그러자 줄이 한껏 팽팽해지면서 물방울이 구슬처럼 줄에서 튀겼다. 그러더니 줄은 물속에서 천천히 쉬잇 하는 소리를 내기 시작했다. 노인은 노를 저을 때 앉는 가로장에 의지하여 몸을 뒤로 젖힌 채 고기가 당기는 힘에 맞서 단단히 버티면서 줄을 계속 잡고 있었다. 배는 북서쪽으로 천천히 방향을 틀어 움직이기 시작했다.

물고기는 꾸준하게 헤엄쳤고, 노인과 배도 그 뒤를 따라 잔잔한 바다 위를 천천히 이동해갔다. 다른 미끼들이 아직 물속에 그대로 드리워져 있었지만 어떻게 손쓸 도리가 없었다.

"그 애가 있으면 좋으련만." 노인은 큰 소리로 말했다. "물고기에게 끌려가는 처지가 돼버렸군, 견인줄을 매는 말뚝 신세가

된 채 말이야. 줄을 배에 매어놓을 수도 있겠지. 하지만 놈이 줄을 끊고 도망가버릴 수 있단 말이야. 있는 힘껏 놈을 붙들고 있으면서 놈이 당길 때 줄을 적당히 풀어줘야만 해. 놈이 바다 밑으로 내려가지 않고 옆으로 이동하는 게 천만다행이야."

놈이 밑으로 내려가기로 작정하면 어떡하지? 글쎄, 모르겠는걸. 놈이 바닥으로 내려가서 죽어버린다면 어떡한다? 글쎄, 그것도 모르겠어. 하지만 뭔가 방도가 있을 거야. 할 수 있는 일은 충분히 많으니까.

노인은 줄을 등에다 감아쥐고 비스듬히 물속으로 들어간 나머지 줄을 지켜보았다. 배는 북서쪽으로 꾸준히 이동하고 있었다.

이러다가 놈은 죽을 거야, 노인은 생각했다. 놈이 언제까지나 이렇게 버티고 있을 순 없어. 하지만 네 시간이 지난 뒤에도 물고기는 여전히 배를 끌며 바다로 계속 헤엄쳐 나아가고 있었다. 노인도 여전히 줄을 등에다 감은 채 단단히 버티고 있었다.

"놈이 걸려든 때가 정오 무렵이었지." 노인은 말했다. "그런데 아직 녀석의 모습을 구경도 못 했으니."

고기가 걸려들기 전에 그는 밀짚모자를 머리에 푹 눌러썼는데, 그게 이마를 아프게 했다. 목도 말랐다. 노인은 무릎을 꿇고, 줄을 잘못 홱 당기지 않도록 조심하며 뱃머리 쪽으로 최대한 기어가서 한 손을 뻗어 물병을 잡았다. 마개를 연 다음 물을 조금 마셨다. 그러고는 뱃머리에 몸을 기대고 쉬었다. 바닥에 눕혀놓은, 돛이 감긴 돛대 위에 앉아 쉬며 버텨내는 일 말고는 아

무 생각도 하지 않으려고 했다.

그러다가 노인은 뒤를 돌아다보았다. 육지는 전혀 보이지 않았다. 아무 상관 없어, 노인은 생각했다. 언제든지 아바나의 불빛을 바라보고 돌아갈 수 있으니까. 해가 지려면 아직 두 시간은 더 남았으니까 아마 그때까진 녀석이 위로 떠오를 거야. 설령 그때까지 떠오르지 않더라도 달이 뜰 땐 떠오를 거야. 혹시 달이 떠도 떠오르지 않는다면 해가 뜰 땐 떠오를 거야. 나는 아직 손에 쥐도 나지 않고 기운도 팔팔해. 낚싯바늘이 주둥이에 걸려 있는 쪽은 저놈이야. 하지만 이렇게 배를 끌고 가다니 정말 대단한 놈이야. 바늘이 달린 철삿줄까지 삼킨 채 주둥이를 꽉 다물고 있는 게 틀림없어. 놈을 한번 봤으면 좋겠는데. 도대체 내가 어떤 놈을 상대하고 있는지 한 번만이라도 봤으면 좋으련만.

노인이 별의 위치로 미루어 판단하건대, 물고기는 밤새도록 진로나 방향을 전혀 바꾸지 않았다. 해가 지자 추워졌고, 노인의 등과 팔과 늙은 다리에 맺혔던 땀이 마르며 싸늘해졌다. 해가 있는 동안에 노인은 미끼 상자를 덮었던 부대를 벗겨서 햇볕에 펼쳐놓고 말렸다. 해가 지고 난 뒤 노인은 그것을 목에 비끄러매어 등뒤로 늘어뜨린 다음, 양어깨를 가로질러 감겨 있는 낚싯줄 아래로 조심스럽게 밀어넣었다. 부대가 낚싯줄 밑에서 완충 역할을 해줬고, 또 요령껏 뱃머리에 대고 몸을 앞으로 기댈 수도 있게 되어서 한결 편안해진 느낌이었다. 사실 견디기

힘든 자세를 그저 조금 면한 데 불과했지만 그는 편안해진 거나 다름없다고 생각했다.

내가 저놈한테 할 수 있는 건 아무것도 없고 저놈도 나한테 할 수 있는 게 아무것도 없어, 노인은 생각했다. 저놈이 이런 상태로 계속 가는 한 말이야.

한번은 일어서서 뱃전 너머로 소변을 본 다음, 별을 살펴보고 배의 진로 방향을 확인했다. 그의 어깨에서 물속으로 곧게 뻗어 들어간 낚싯줄은 한 줄기 인광 띠처럼 보였다. 배는 이제 아까보다 느리게 움직이고 있었다. 아바나의 불빛이 그다지 선명하지 않은 걸로 보아 배와 물고기가 해류 때문에 동쪽으로 밀려가고 있음에 틀림없다고 생각했다. 아바나의 강렬한 불빛이 보이지 않게 된다면 우린 더욱더 동쪽으로 옮겨가는 것임에 틀림없어, 노인은 생각했다. 물고기의 원래 방향이 유지된다면, 앞으로 몇 시간 동안은 더 그 불빛을 볼 수 있어야 하기 때문이다. 오늘 메이저리그 경기는 어떻게 됐는지 궁금하군, 노인은 생각했다. 이럴 때 라디오를 들을 수 있다면 정말 멋질 텐데. 그러다가 그는 생각했다. 한순간도 물고기를 잊어서는 안 돼. 내가 지금 하고 있는 일만 생각해야 돼. 바보 같은 짓을 해서는 절대 안 돼.

그러다가 그는 소리 내어 말했다. "그 애가 있으면 좋으련만. 날 도와주면서 이걸 구경할 수 있을 텐데."

늙으면 혼자 있어선 안 돼, 그는 생각했다. 하지만 피할 수 없

는 일이기도 해. 잊지 말고 다랑어가 상하기 전에 먹어둬야지. 기운을 유지해야 하니까 말이야. 아무리 먹고 싶은 생각이 없어도, 잊지 말고 아침에는 꼭 그걸 먹어둬야지. 잊지 말자, 그는 스스로에게 다짐했다.

밤사이에 돌고래 두 마리가 배 가까이로 다가왔다. 그놈들이 뒹굴어대며 물을 뿜어내는 소리가 들렸다. 노인은 수놈이 뿜어내는 소리와 암놈이 한숨 쉬듯 뿜어내는 소리를 분간할 수 있었다.

"좋은 녀석들이야." 노인은 말했다. "녀석들은 즐겁게 놀고 장난도 치고 서로 사랑도 하지. 날치와 마찬가지로 우리에겐 형제 같은 놈들이야."

그러다가 노인은 지금 낚싯바늘에 걸려 있는 큰 물고기가 불쌍하게 느껴졌다. 놈은 놀랍고 괴상한 녀석이야. 도대체 나이를 얼마나 먹은 녀석일까, 노인은 생각했다. 내 평생 이렇게 힘센 고기를 잡아본 적도 없고, 또 이렇게 이상하게 구는 놈도 처음이야. 너무 영리해서 날뛰지도 않는 것 같아. 격렬하게 날뛰거나 달려들어서 날 결딴내버릴 수도 있는데 말이야. 어쩌면 예전에 낚싯바늘에 걸린 적이 여러 번 있어서 이런 때 어떻게 싸워야 하는지 아는지도 몰라. 놈은 자기 상대가 한 사람밖에 없다는 걸, 그것도 늙은이일 뿐이라는 걸 모르겠지. 아무튼 굉장히 큰 물고기야. 육질만 나쁘지 않다면 시장에서 상당한 값을 받겠어. 미끼를 무는 기세나 줄을 끄는 모양이 꼭 수놈 같아. 싸우면

서도 공포에 질린 기색이 전혀 없고 말이야. 놈에게 나름대로 무슨 계획이 있는 건지, 아니면 나처럼 그저 필사적으로 버티고 있을 뿐인지 궁금하군.

　노인은 언젠가 청새치 한 쌍 가운데 한 놈을 잡은 일이 생각났다. 청새치 수놈은 언제나 암놈이 먼저 먹이를 먹도록 양보한다. 그래서 낚싯바늘에 걸린 암놈은 공포에 질린 채 필사적으로 격렬하게 저항했고, 그 바람에 금세 기진맥진해버렸다. 수놈은 그동안 내내 낚싯줄을 넘어다니거나 암놈을 따라 수면을 빙 돌거나 하며 암놈 곁을 떠나지 않았다. 놈이 암놈 곁에 너무 붙어 있어서 노인은 놈이 꼬리로 낚싯줄을 끊어버리지나 않을까 걱정될 정도였다. 청새치의 꼬리는 큰 낫처럼 날카롭고 크기나 모양도 큰 낫과 거의 비슷하게 생겼던 것이다. 노인이 암놈을 갈고리로 찍고 몽둥이로 후려쳤을 때, 그러니까 양날 검처럼 길고 뾰족하고 가장자리가 사포처럼 깔깔한 주둥이를 움켜잡고는 대가리 윗부분을 몽둥이로 마구 후려쳐서 몸통이 거의 거울 뒷면 같은 색깔로 변하도록 만들었을 때도, 그런 다음 소년의 도움을 받아 암놈을 배 위로 끌어올렸을 때도, 수놈은 배 주위를 떠나지 않고 서성거렸다. 그러다가 노인이 낚싯줄을 정리하고 작살을 준비하고 있을 때, 수놈은 배 옆에서 공중으로 높이 뛰어올라 암놈이 있는 자리를 한 번 바라보고는, 연보라색 가슴지느러미를 날개처럼 활짝 펼친 채 연보라색 넓은 줄무늬를 모두 내보이며 바다로 떨어져 깊은 물속으로 사라졌다. 참 아름다

운 놈이었지, 그리고 끝까지 암놈 곁을 안 떠나려고 했어, 노인은 기억을 되새겼다.

청새치를 잡으며 본 가장 슬픈 광경이었어, 노인은 생각했다. 소년도 슬퍼했지. 그래서 우린 암놈에게 용서를 빌고 도살 작업을 신속하게 끝냈어.

"그 애가 곁에 있으면 좋으련만." 노인은 큰 소리로 말하며 모서리가 닳은 뱃머리 판자에 몸을 기대고 자세를 좀 편안히 고쳐 앉았다. 어딘지는 몰라도 자기가 택한 곳을 향해 꾸준히 헤엄쳐가는 커다란 물고기의 힘이, 양어깨 위를 가로질러 감긴 낚싯줄을 통해 다시금 느껴졌다.

일단 내 속임수에 걸렸으니 놈으로서도 뭔가 선택할 수밖에 없었겠지, 노인은 생각했다.

놈이 선택한 것은 그 어떤 덫과 함정과 속임수도 미치지 못하는 먼 바다의 깜깜하고 깊은 물속에 머무르자는 것이었지. 그리고 내가 선택한 것은 그 누구도 미치지 못하는 그곳까지 가서 놈을 찾아내는 것이었고. 그 누구도 미치지 못하는 그곳까지 가서 말이야. 이제 우린 서로 연결된 거야, 어제 정오부터. 게다가 우린 아무한테도 도움을 받을 수 없어.

어쩌면 나는 어부가 되지 말았어야 했는지 몰라, 노인은 생각했다. 하지만 난 타고난 고기잡이야. 날이 밝으면 잊지 말고 꼭 다랑어를 먹어둬야지.

동이 트기 얼마 전 무엇인가가 그의 뒤쪽에 있는 미끼 하나를

물었다. 막대찌 부러지는 소리가 들리더니 낚싯줄이 뱃전 너머로 맹렬하게 풀려나갔다. 노인은 어둠 속에서 칼집이 달린 선원용 칼을 뽑아들었다. 그러고는 물고기의 모든 힘을 왼쪽 어깨로 받아 버티며, 몸을 뒤로 기울여 뱃전에 대고 줄을 잘랐다. 그러고 나서 그는 제일 가까운 쪽에 있는 다른 낚싯줄도 끊고, 어둠 속에서 여분의 줄 뭉치들의 각 끝을 서로 붙들어 맸다. 매듭을 단단히 죄어 당길 때 줄 뭉치들이 움직이지 않도록 발로 그것들을 밟으면서 한 손으로 능숙하게 일을 해냈다. 이제 노인은 여분의 줄 뭉치가 여섯 개나 있는 셈이었다. 끊어낸 줄에서 얻은 게 각각 두 개씩, 그리고 물고기가 지금 물고 있는 줄에 이어진 것이 두 개, 그렇게 도합 여섯 개가 모두 서로 연결되어 있었다.

날이 밝으면 뒤쪽의 사십 길짜리 줄에 가서 그것도 끊어버리고 거기 달린 여분의 줄 뭉치들도 마저 연결해놓아야지, 노인은 생각했다. 카탈루냐산産 질 좋은 낚싯줄을 거기 달린 낚싯바늘과 연결용 목줄 등까지 도합 이백 길이나 잃어버리는 셈이겠군. 하지만 그것들은 다시 구할 수 있어. 반면에 뭔지 모를 물고기를 잡느라고 이 큰 물고기를 놓친다면 누가 그걸 보상해주겠어? 방금 미끼를 문 고기가 뭔지 나는 몰라. 청새치나 황새치, 아니면 상어였을 수도 있지. 줄을 잡고 느껴볼 틈도 없었어. 너무나 황급히 끊어내야만 했으니까.

큰 소리로 그는 외쳤다. "그 애가 있으면 좋을 텐데."

하지만 그 앤 지금 여기 없어, 노인은 생각했다. 넌 지금 너

혼자밖에 없어. 그리고 어둠 속이건 아니건, 어쨌든 지금 당장 뒤쪽의 그 마지막 줄 있는 곳으로 가서 그걸 끊어버리고 거기 달린 여분의 줄 뭉치 두 개를 마저 이어놓는 게 좋을걸.

노인은 그렇게 했다. 어둠 속에서 쉽지 않은 일이었다. 게다가 물고기가 한 번 크게 요동치며 움직이는 바람에 줄에 홱 끌려가 고꾸라지기까지 했다. 이 때문에 눈 밑에 상처가 났고, 뺨을 타고 피가 조금 흘러내렸다. 하지만 피는 턱에 이르기 전에 엉겨붙어 말랐다. 노인은 뱃머리로 다시 돌아가서 판자에 몸을 기대고 쉬었다. 그는 부대를 다시 바로잡고 줄을 조심스레 움직여 어깨의 다른 부분에 닿도록 조정했다. 그러고는 어깨에 줄을 단단히 고정시킨 채, 물고기가 당기는 힘을 조심스레 느껴보았다. 그리고 한 손을 물속에 담가 배가 이동하는 속도를 느껴보았다.

놈이 무엇 때문에 그렇게 갑자기 움직였는지 궁금하군, 노인은 생각했다. 바늘을 연결한 철사 목줄이 놈의 높고 커다란 등 위에서 미끄러졌던 게 틀림없어. 아무리 그래도 놈의 등은 내 등만큼 아프진 않을 거야. 어쨌거나 놈이 이 배를 영원히 끌고 갈 순 없겠지. 제아무리 큰 놈이라고 하더라도 말이야. 이제 골칫거리가 될 만한 것은 모두 깨끗이 처리했고 여분의 줄도 충분히 있어. 이 이상 바랄 건 없어.

"물고기야." 노인은 다정하게, 하지만 큰 소리로 말했다. "난 죽을 때까지 네놈과 함께 가겠다."

아마 저놈도 나하고 끝까지 함께 가겠지, 노인은 생각했다. 그러고는 날이 밝기를 기다렸다. 동트기 전이라 좀 추웠다. 몸을 따뜻하게 하려고 뱃머리 판자에 바짝 붙었다. 저놈이 버티는 만큼 나도 버틸 수 있어, 노인은 생각했다. 밝아오는 첫 새벽빛 속에서, 밖으로 뻗어나가 물속으로 들어간 줄의 모습이 보였다. 배는 여전히 꾸준하게 이동했다. 해가 정수리를 막 내밀고 올라왔을 때 햇살은 노인의 오른쪽 어깨를 비췄다.

"놈이 북쪽으로 가고 있군." 노인은 말했다. 하지만 해류 때문에 동쪽으로 한참 치우치게 될 거야, 그는 생각했다. 놈이 해류를 타고 방향을 돌리면 좋을 텐데. 그러면 놈이 지쳤다는 표시일 테니까 말이야.

해가 좀더 높이 떠올랐을 때 노인은 물고기가 지치지 않았다는 것을 깨달았다. 좋은 조짐이라곤 딱 하나밖에 없었다. 줄의 기울기로 보건대 놈은 이제 좀 위로 올라와서 헤엄치고 있었다. 물론 그게 놈이 반드시 물 위로 뛰어오르리라는 걸 의미하진 않았다. 하지만 그럴 가능성은 있었다.

"하느님, 놈이 뛰어오르게 해주십시오." 노인은 말했다. "놈을 다룰 낚싯줄은 충분히 준비되어 있습니다."

혹시 좀더 힘을 줘서 줄을 약간만 더 팽팽히 당기면 놈이 아파서 뛰어오르지 않을까, 노인은 생각했다. 날도 이제 밝았으니 놈을 물 위로 한번 뛰어오르게 하자. 그러면 등뼈를 따라 자리 잡고 있는 놈의 부레에 공기가 찰 테고, 그럼 놈은 깊은 곳으로

내려가 죽거나 하진 못할 테니까.

노인은 힘을 줘서 줄을 좀더 팽팽히 당기려고 시도했다. 하지만 고기가 낚싯줄에 걸렸을 때부터 줄은 이미 끊어지기 일보 직전까지 팽팽하게 잔뜩 당겨져 있는 상태였다. 그래서 줄을 당기려고 몸을 뒤로 젖혔을 때, 그는 극한에 이른 그 장력을 느꼈고 줄에 더이상 힘을 가해서는 안 된다는 걸 알았다. 절대 줄을 왈칵 잡아당겨서도 안 돼, 노인은 생각했다. 왈칵 당길 때마다 낚싯바늘이 박혀 있는 부위가 점점 벌어지게 돼. 그러면 놈이 뛰어오를 때 바늘을 뱉어낼 수도 있어. 어쨌든 해가 뜨니 기분이 한결 낫군. 게다가 오늘만은 해 있는 쪽을 바라보지 않아도 되니 좋아.

낚싯줄에 누런 해초가 걸려 있었지만 노인은 그것이 물고기가 끌어야 하는 짐을 좀더 무겁게 할 뿐이라는 걸 알았기에 잘됐다고 여겼다. 밤에 그렇게도 인광을 뿜어내던 누런 멕시코 만 해초였다.

"물고기야." 노인은 말했다. "난 널 사랑하고 또 무척 존경한단다. 하지만 오늘이 지나기 전에 널 죽이고 말겠다."

그렇게 되기를 빌어야지, 노인은 생각했다.

작은 새 한 마리가 북쪽에서 배를 향해 날아왔다. 휘파람새였는데, 수면 위를 아주 낮게 날고 있었다. 새가 매우 지쳐 있다는 것을 노인은 알 수 있었다.

새는 배의 고물 위로 내려앉아 쉬었다. 그러더니 노인의 머리

위를 한 바퀴 빙 돈 다음 좀더 편한 낚싯줄 위에 내려앉아 쉬었다.

"너 몇 살이냐?" 노인이 새에게 물었다. "여행은 이게 처음이야?"

노인이 말하는 동안 새는 그의 얼굴을 쳐다보았다. 새는 너무 지쳤는지 낚싯줄을 살펴보지도 않았다. 그저 줄 위에 앉아 흔들흔들거리면서 가냘픈 두 다리로 줄을 꽉 움켜쥐고 있었다.

"그건 튼튼한 줄이란다." 노인은 새에게 말했다. "아주 튼튼한 줄이지. 간밤에 바람도 하나 없었는데 그렇게 지쳐서야 되겠니? 그런데 새들은 결국 어떻게 되는 걸까?"

매들이 이런 새를 잡아먹으러 바다로 나오겠지, 노인은 생각했다. 하지만 새에게 그런 말은 하지 않았다. 그의 말을 알아들을 리 없는데다 어차피 곧 매에 대해 충분히 배우게 될 것이었다.

"푹 쉬어라, 작은 새야." 그는 말했다. "그러고 나서 돌아가 꿋꿋하게 도전하며 너답게 살아, 사람이든 새든 물고기든 모두 그렇듯이 말이다."

밤사이 뻣뻣해진 등이 이제는 심하게 쑤시며 아팠기 때문에 이렇게 이야기라도 하는 것이 그에겐 위로가 되었다.

"원한다면 우리 집에 머물러도 좋다, 새야." 그는 말했다. "당장 돛을 달고서, 지금 일고 있는 산들바람을 타고 널 육지로 데려다줄 수 없어서 미안하구나. 하지만 난 지금 상대해야 할 친

구가 있단다."

바로 그때, 물고기가 갑자기 홱 요동을 치며 줄을 당기는 바람에 노인은 뱃머리 쪽으로 고꾸라지고 말았다. 즉시 몸을 일으켜 버티며 줄을 풀어주지 않았더라면 그는 뱃전 너머 물속으로 끌려들어가고 말았을 것이다.

새는 줄이 홱 당겨졌을 때 날아가버렸다. 노인은 새가 날아가는 것도 보지 못했다. 그는 오른손으로 조심스레 줄을 쥐고 느껴보았다. 그러다 손에서 피가 흐르는 것을 알아차렸다.

"뭔가 녀석을 아프게 한 모양이군." 노인은 큰 소리로 말했다. 그러고는 물고기의 방향을 돌릴 수 있는지 알아보려고 줄을 당겼다. 하지만 줄이 끊어지기 직전까지 이르렀을 때 그는 더 이상 힘을 주지 않고 줄을 팽팽히 잡은 채 아까처럼 버티며 기다렸다.

"물고기야, 넌 지금 내가 당기는 걸 느끼고 있겠지." 노인이 말했다. "물론 나도 확실히 느끼고 있단다."

노인은 새가 어디 있나 둘러보았다. 동무 삼아 함께 있으면 좋으련만, 새는 가버리고 없었다.

새야, 넌 금세 가버리고 말았구나, 노인은 생각했다. 하지만 네가 해안에 도착하기까지 지나야 하는 곳은 더 거칠고 험하단다. 그건 그렇고 물고기가 그렇게 한 번 홱 당긴다고 고꾸라지다니 이게 무슨 꼴이람. 내가 아주 둔해지고 있는 게 틀림없어. 아니면 아까 그 작은 새를 바라보느라 정신이 팔려 그런 걸 수

도 있어. 이제부턴 일에 집중해야지. 그리고 힘이 떨어지지 않
도록 다랑어를 꼭 먹어두어야겠어.

"그 애가 곁에 있으면 좋으련만. 그리고 소금도 좀 있으면 좋
을 텐데."

노인은 소리 내어 말했다.노인은 줄의 무게를 왼쪽 어깨로 옮
겨놓고 조심스레 무릎을 꿇은 다음, 바닷물에 손을 담가 씻었
다. 그러고는 일 분이 넘게 손을 그대로 담근 채, 손에서 흐르는
피가 가늘게 떠내려가는 것과, 배가 이동함에 따라 손에 계속
부딪쳐오는 물결의 움직임을 지켜보았다.

"녀석이 많이 느려졌군." 노인은 말했다.

노인은 짠 바닷물에 손을 좀더 오래 담가두고 싶었지만 물고
기가 갑자기 또 홱 요동치며 움직일까봐 두려웠다. 그는 일어나
서 두 발로 버티고 선 다음 손을 들어 햇볕에 쬐었다. 상처는 살
이 줄에 쓸려 벗겨진 것에 불과했다. 하지만 일할 때 주로 사용
하는 바로 그 부분에 상처가 나 있었다. 노인은 이번 일을 끝내
려면 두 손을 사용해야 한다는 걸 잘 알고 있었으므로 일이 시
작되기도 전에 손을 다친 것이 못마땅했다.

"자," 손이 다 마르자 노인이 말했다. "이제 저 작은 다랑어를
먹을 차례야. 갈고리로 녀석을 끌어오면 여기서 편하게 먹을 수
있겠지."

그는 무릎을 꿇고 갈고리로 고물 밑에 있는 다랑어를 찾아냈
다. 그러고는 낚싯줄 뭉치에 걸리지 않도록 하며 끌어당겼다.

왼쪽 어깨로 줄을 지탱하고 왼손과 왼팔로는 줄을 당겨 버티며, 그는 갈고리 끝에서 다랑어를 뺀 뒤 갈고리를 다시 제자리에 내려놓았다. 그러고는 한쪽 무릎으로 고기를 누르고 머리 뒤쪽에서 꼬리까지 검붉은 살을 세로로 길게 잘랐다. 쐐기 모양을 한 기다란 살점이었다. 노인은 그것을 등뼈 바로 근처에서부터 배 가장자리까지 잘라냈다. 여섯 조각을 떠내어 살점들을 뱃머리 판자 위에 펴놓고는 칼을 바지에 닦았다. 그리고 남은 다랑어 사체는 꼬리를 집어 뱃전 너머로 던져버렸다.

"한 조각을 다 못 먹을 것 같은데." 노인은 고기 조각 하나를 칼로 잘라서 둘로 나누며 말했다. 그는 낚싯줄이 변함없이 세게 당겨지는 것을 그대로 느낄 수 있었는데, 순간 왼손에 쥐가 났다. 손은 무거운 줄을 쥔 채 오그라들며 뻣뻣해졌다. 노인은 혐오에 찬 얼굴로 손을 바라보았다.

"대체 어떻게 된 놈의 손이야, 이건?" 노인은 말했다. "그래, 쥐가 나고 싶으면 맘대로 나라. 매 발톱처럼 오그라들어봐. 그래봤자 좋을 건 없을 게다."

자, 쥐가 날 테면 나봐라, 노인은 생각했다. 그러면서 어두운 물속으로 비스듬히 들어간 낚싯줄을 내려다봤다. 당장 다랑어를 먹어보자. 그럼 손아귀 힘이 생길 거야. 손은 잘못이 없어. 오랜 시간 물고기를 붙잡고 있어서 그런 거야. 하지만 한없이 물고기와 상대해야 할지도 몰라. 당장 다랑어를 먹도록 하자.

노인은 고기 한 점을 집어 입에 넣고 천천히 씹었다. 생각보

다 그리 역겹지 않았다.

꼭꼭 씹어서 즙까지 모두 삼켜라, 노인은 생각했다. 라임이나 레몬이나 소금하고 함께 먹으면 나쁘지 않을 텐데.

"야, 손, 좀 어떠냐?" 노인은 쥐가 나서 사후강직 상태나 거의 다름없이 뻣뻣해진 손에게 물었다. "네 놈을 위해 좀더 먹어주마."

노인은 둘로 잘라놓았던 고기 조각 중 나머지 하나를 마저 먹었다. 그리고 조심스레 잘 씹은 뒤 껍질을 뱉었다.

"어때, 좀 효과가 있나, 손아? 아니면 너무 일러서 아직 모르겠어?"

노인은 새로 또 한 조각을 통째로 입에 넣고 씹었다.

살이 탱탱하고 영양 가득한 물고기야, 노인은 생각했다. 만새기 대신 이놈을 잡아서 다행이야. 만새기는 너무 달거든. 이놈은 달지 않으면서 온갖 자양분은 다 가지고 있지.

하지만 현실적인 생각 말고는 아무것도 쓸모가 없어, 노인은 생각했다. 소금이 좀 있으면 좋을 텐데. 햇볕이 남은 고기를 상하게 만들지 아니면 말려놓을지 알 수가 없으니 배가 고프지 않더라도 다랑어를 전부 먹어두는 게 좋을 것 같아. 저 물고기 놈은 조용하고 한결같군. 다랑어를 죄다 먹어두자. 그럼 준비가 다 되는 거야.

"조금만 참아라, 손아." 그는 말했다. "널 위해 이걸 먹는 거야."

물고기 녀석한테도 뭘 먹일 수 있으면 좋을 텐데, 노인은 생각했다. 녀석은 내 형제나 다름없어. 하지만 난 녀석을 죽여야 하고 그러기 위해서는 힘을 유지해야만 해. 노인은 천천히 그리고 정성껏 쐐기 모양의 고기 조각들을 모두 먹어치웠다.

그는 바지에 손을 닦으면서 몸을 쭉 폈다.

"자," 노인은 말했다. "왼손아, 이제 줄을 놓아도 좋다. 네가 그 바보짓을 그만둘 때까지 내가 오른팔만으로 물고기를 다뤄보마." 그는 왼손으로 잡고 있던 무거운 줄을 왼발로 밟은 다음 몸을 뒤로 젖혀, 등을 당기는 줄의 힘을 버텼다.

"하느님, 제발 쥐가 풀리게 도와주십시오. 저 물고기가 어떻게 나올지 모른단 말입니다."

하지만 녀석은 조용해 보여, 노인은 생각했다. 그리고 자기 계획에 따라 행동하고 있는 것 같아. 근데 녀석의 계획은 뭐지? 노인은 또 생각했다. 그리고 내 대책은 뭐지? 엄청나게 큰 놈이라, 난 놈의 행동에 따라 그때그때 대책을 세워나가는 수밖에 없어. 놈이 물 위로 뛰어오르면 죽일 수 있지. 하지만 녀석은 한없이 저 아래 물속에서 버티고 있어. 그러면 나도 한없이 놈과 함께 버티고 있어야겠지.

노인은 쥐가 난 손을 바지에 대고 문지르며 손가락을 부드럽게 풀어보려고 애썼다. 하지만 손은 펴지지 않았다. 해가 높이 뜨면 펴질지 몰라, 그는 생각했다. 어쩌면 날것으로 먹은 탱탱한 다랑어가 소화되면 펴질지도 모르지. 물론 왼손을 꼭 써

야 할 때가 오면 무슨 수를 써서라도 펼 거야. 하지만 지금은 그렇게 억지로 펴고 싶지 않아. 저절로 펴져서 원래대로 돌아오게 내버려두자. 따지고 보면, 지난밤에 줄을 여러 개 끊어내고 매고 하느라 왼손을 너무 혹사시켰잖아.

노인은 바다를 건너다보고는 자기가 지금 얼마나 외롭게 혼자 있는지 새삼 깨달았다. 하지만 그는 어둡고 깊은 바닷속에 비친 무지갯빛 광선들과 앞으로 쭉 뻗은 낚싯줄과 묘하게 일렁이는 잔잔한 바다를 볼 수 있었다. 무역풍으로 인해 구름이 뭉게뭉게 피어오르고 있었고, 앞을 바라보니 한 떼의 물오리가 날아가는 모습도 보였다. 물오리들은 하늘을 배경으로 선명한 줄무늬를 이루었다가 넓게 흐트러졌다가 또다시 선명한 줄무늬를 이루었다가 하면서 바다 위를 날아갔다. 노인은 바다에서는 그 누구도 결코 외롭지 않다는 것을 알았다.

문득 어떤 사람들은 작은 배로 육지가 안 보이는 곳까지 나가는 일을 두려워한다는 생각이 떠올랐다. 날씨가 갑자기 나빠지는 계절에는 그들 생각이 옳다는 걸 노인도 잘 알고 있었다. 하지만 지금은 태풍의 계절인데, 태풍만 불지 않는다면 이 시기는 일 년 중 가장 날씨가 좋은 때였다.

바다에 나가 있으면, 언제나 태풍이 불어오기 며칠 전 하늘에서 징조를 엿볼 수 있었다. 육지에서 그걸 못 알아보는 건 사람들이 무얼 살펴야 하는지 모르기 때문이야, 노인은 생각했다. 육지에서도 구름의 형태라든가 뭔가 틀림없이 변화가 있을 텐

데. 어쨌든 지금은 태풍이 불어올 징조는 없어.

노인은 하늘을 처다보았다. 아이스크림 덩어리처럼 둥글둥글 정겹게 피어오른 하얀 뭉게구름이 보였고, 그 위로는 높다란 구월 하늘을 배경으로 깃털 같은 옅은 새털구름이 하늘 높이 떠 있었다.

"가벼운 브리사*가 부는군." 노인은 말했다. "물고기야, 아무래도 너보다는 나한테 더 좋은 날씨구나."

노인의 왼손은 아직 쥐가 나 있었다. 하지만 경련이 이제 서서히 풀리는 중이었다.

쥐가 나는 건 정말 싫어, 노인은 생각했다. 그건 꼭 몸이 나를 배신하는 것 같거든. 프토마인 중독**으로 설사를 하거나 토하는 것은 남들 앞에서 창피를 당하는 일이지. 하지만 쥐가 나는 건─그는 스페인어인 '칼람브레'라고 쥐를 일컬으며 생각했다─자기 자신에게 창피를 당하는 일이야, 특히 혼자 있을 땐 말이야.

그 애가 곁에 있다면 날 위해 손도 문질러주고 팔뚝을 위에서 아래로 주물러서 쥐를 풀어줄 텐데, 노인은 생각했다. 하지만 곧 풀릴 거야.

그때였다. 줄을 당기는 힘의 변화가 오른손에 느껴지는가 싶더니 이내 줄의 기울기가 물속에서 달라지는 게 보였다. 다음

---

* 스페인어로 '산들바람' 또는 '무역풍'이라는 뜻.
** 부패한 육류를 섭취했을 때 발생하는 식중독.

순간 노인은 몸을 젖혀 버티는 한편 왼손을 허벅지에 마구 때려대면서, 줄이 서서히 떠오르는 것을 지켜보았다.

"놈이 올라오고 있어." 노인은 말했다. "자, 손아, 어서. 제발 어서."

줄은 서서히 그리고 꾸준히 떠올랐다. 그러다가 수면이 배 앞쪽에서 부풀어오르는가 싶더니 마침내 물고기가 나타났다. 물고기는 조금씩 끝없이 솟아오르는 듯하더니, 양 옆구리로 물이 쏟아져내렸다. 물고기는 햇빛을 받아 눈부시게 빛났다. 머리와 등은 짙은 자주색이었고 양 옆구리의 넓은 줄무늬는 햇빛을 받아 연보라색으로 빛났다. 날카로운 주둥이는 야구방망이만큼이나 길고 양날 검처럼 끝이 뾰족했다. 물고기는 온몸이 전부 드러날 만큼 솟아올랐다가 물속으로 다시 들어갔다. 마치 다이빙 선수처럼 미끄러지듯 쑤욱 들어갔는데, 노인은 거대한 낫처럼 생긴 물고기 꼬리가 물속으로 사라지는 것을 보았다. 낚싯줄이 다시 빠른 속도로 풀려나가기 시작했다.

"이 배보다 육십 센티미터는 더 긴 놈이야." 노인은 말했다. 줄은 빠르지만 일정하게 풀려나가고 있었고, 그걸로 보아 물고기는 놀라서 날뛰는 게 아니었다. 노인은 두 손으로 줄을 잡고, 끊어지지 않는 한도 내에서 줄을 계속 당기려고 애썼다. 꾸준히 힘을 줘서 물고기의 속도를 늦추지 않으면 물고기가 줄을 있는 대로 다 끌고 나가 결국 줄을 끊고 달아날 수 있다는 것을 노인은 알고 있었다.

굉장히 큰 놈이야, 그러니 난 놈을 제압해야만 해, 노인은 생각했다. 놈이 자기 힘이 얼마나 센지, 제 맘대로 힘껏 하면 얼마나 대단해질 수 있는지 알게 해서는 절대로 안 돼. 만약 내가 놈이라면 당장 온 힘을 쏟아 뭐든 부러져 결판날 때까지 해보고 말 거야. 하지만 감사하게도, 이놈들은 자기네를 죽이는 우리 인간만큼 영리하지 못해. 비록 우리보다 기품이 있고 더 큰 힘을 가졌지만 말이야.

노인은 커다란 물고기를 많이 봐왔다. 무게가 오백 킬로그램 가까이 나가는 물고기도 여러 번 봤고, 또 평생 동안 그런 큰 고기를 잡은 적도 두 번이나 있었다. 하지만 혼자 잡은 적은 없었다. 그런데 지금 이렇게 혼자, 육지가 보이지 않는 바다에서, 이제까지 눈으로 보거나 귀로 들었던 그 어떤 물고기보다 큰 놈과 단단히 맞서고 있는 것이다. 게다가 그의 왼손은 아직도 꽉 움켜쥔 독수리 발톱처럼 굳게 오그라들어 있었다.

하지만 곧 쥐가 풀릴 거야, 노인은 생각했다. 틀림없이 바로 풀려서 오른손을 도울 거야. 서로 형제간인 세 가지가 있는데, 그건 바로 저 물고기와 내 이 두 손이야. 그러니 왼손의 쥐는 꼭 풀려야만 해. 쥐가 나는 건 물고기에 대한 모욕이야. 물고기는 다시 속도를 늦춰서 이전과 같은 빠르기로 나아가고 있었다.

놈이 왜 뛰어올랐는지 궁금하군, 노인은 생각했다. 마치 자기가 얼마나 큰지 보여주려고 뛰어오른 것 같기도 했다. 어쨌든 이제 놈의 크기를 알았어, 노인은 생각했다. 나도 놈에게 내가

어떤 사람인지 보여줄 수 있다면 좋을 텐데. 하지만 그러면 쥐가 난 손을 놈한테 들키겠지. 놈이 나를 실제의 나보다 더 강한 존재로 생각하게 내버려두자. 아니, 난 그렇게 더 강해지고 말겠어. 차라리 내가 저 물고기라면 좋겠군, 노인은 생각했다. 놈의 이 모든 힘에 맞서고 있는 게 그저 내 의지와 머리밖에 없는 형편이니 말이야.

노인은 뱃머리 판자에 기대어 좀더 편한 자세를 취했다. 그러고는 다가오는 고통을 있는 그대로 받아들였다. 물고기는 꾸준히 헤엄쳐 나아갔고 배는 천천히 검푸른 바다 위를 이동했다. 동풍이 불어와 바다가 약간 일렁였다. 정오가 되자 노인의 왼손은 쥐가 풀렸다.

"물고기야, 너한텐 나쁜 소식이구나." 노인은 어깨를 덮고 있는 부대 위의 낚싯줄 위치를 살짝 바꿔놓으며 말했다.

노인은 자세는 편했지만 몸은 고통스러웠다. 다만 그 고통을 조금도 인정하지 않고 있을 뿐이었다.

"난 신앙심이 깊진 않아." 노인은 말했다. "하지만 이 물고기를 잡을 수만 있다면 주기도문과 성모송을 열 번이라도 외겠어. 그리고 놈을 진짜로 잡으면, 내 약속하는데 코브레 성당의 성모마리아님을 보러 순례를 꼭 떠나겠어. 정말로 약속하는 거야."

그는 기도문을 기계적으로 외우기 시작했다. 이따금 너무 피곤해서 기도문이 잘 기억나지 않을 때가 있었는데, 그럴 경우 기도문을 아주 빠르게 외우면 자동적으로 줄줄이 나오곤 했다.

성모송이 주기도문보다 외우기 쉬워, 노인은 생각했다.

"은총이 가득하신 마리아님, 기뻐하소서! 주님께서 함께 계시니 여인 중에 복되시며 태중의 아들 예수님 또한 복되시나이다. 천주의 성모 마리아님, 이제와 저희 죽을 때에 저희 죄인을 위하여 빌어주소서. 아멘." 그런 다음 그는 이렇게 덧붙였다. "복되신 동정녀 마리아님, 이 물고기의 죽음을 위해 빌어주소서. 굉장히 놀라운 놈이긴 합니다만."

기도문을 다 외우자 기분이 한결 나아졌지만 고통은 정확히 그대로였다. 아니 오히려 더 심해진 것 같았다. 그런 상태에서 노인은 뱃머리 판자에 몸을 기댄 채 왼손의 손가락을 기계적으로 쥐락펴락 움직이기 시작했다.

산들바람이 부드럽게 일고 있었지만 태양은 이제 뜨거웠다.

"가는 낚싯줄에 미끼를 다시 달아 고물 쪽에 드리워놓는 게 좋겠어." 노인은 말했다. "놈이 하룻밤 더 버티기로 작정한다면 나도 뭔가를 또 먹어야 할 테니까. 마실 물도 얼마 없군. 여기서 잡히는 건 아마 만새기밖에 없겠지. 하지만 만새기도 싱싱할 때 먹으면 그리 나쁘지 않을 거야. 날치라도 한 마리 밤중에 배로 뛰어들면 좋을 텐데. 하지만 놈들을 유인할 불빛이 없단 말이야. 날치는 날로 먹기 딱 좋을뿐더러 칼로 토막 낼 필요도 없는데. 이제 힘을 조금이라도 낭비해서는 안 돼. 젠장, 저렇게 큰 놈인 줄 어떻게 알았겠어."

"그렇지만 난 놈을 죽이고 말 거야." 노인은 말했다. "위대함

과 영광의 절정에 있는 저놈을."

그게 부당한 짓이라고 해도 어쩔 수 없어, 노인은 생각했다. 나는 인간이 어떤 일을 할 수 있는지, 또 얼마나 견뎌낼 수 있는지 놈에게 보여주고 말겠어.

"내가 이상한 노인이라고 그 애한테도 말했지." 그는 말했다. "이제 그걸 증명해 보일 때야."

과거에 이미 수천 번이나 증명해 보였다는 사실은 그에게 아무 의미가 없었다. 그는 지금 이 순간 그걸 다시 증명해 보이려는 것이다. 언제나 매번 새로 처음 하는 일이었고, 그 일을 하고 있는 순간에는 과거를 결코 생각하지 않았다.

놈이 좀 잤으면 좋겠는데, 그러면 나도 사자 꿈을 꾸며 잘 수 있을 텐데, 노인은 생각했다. 왜 난 사자들만 자주 떠오르는 걸까? 이보게, 늙은이, 생각 같은 건 하지 말게나. 그는 자신을 타일렀다. 아무 생각도 하지 말고 그저 뱃머리 판자에 기대어 가만히 쉬게나. 놈은 지금 움직이며 힘을 쓰고 있네. 그러니 자넨 가능한 한 움직이지 말고 가만히 있게.

오후로 접어들고 있었다. 배는 변함없이 천천히 그리고 꾸준하게 움직였다. 하지만 이제 동쪽에서 불어오는 산들바람 때문에 물고기가 배를 끄는 것이 좀더 힘들게 되었다. 배는 살짝 일렁이는 바다 위를 부드럽게 끌려갔고, 노인의 등을 가로질러 짓누르는 낚싯줄의 아픔도 한결 약해지고 견디기 수월해졌다.

오후에 한 번 낚싯줄이 다시 올라오기 시작했다. 하지만 물고

기는 그저 조금 올라오다 말고는 그대로 계속해서 헤엄쳤다. 태양이 노인의 왼쪽 팔과 어깨 그리고 등짝을 비추었다. 노인은 물고기가 북동쪽으로 방향을 틀었다는 걸 알았다.

물고기를 한 번 보았으므로 노인은 이제, 물고기가 물속에서 자주색 가슴지느러미를 날개처럼 넓게 펴고 커다랗고 꼿꼿한 꼬리로 캄캄한 바다를 가르며 헤엄쳐나가는 모습을 머릿속에 그릴 수 있었다. 그 깊은 물속에서 앞이 얼마나 잘 보일지 궁금하군, 노인은 생각했다. 눈이 굉장히 크던데. 말은 그보다 훨씬 작은 눈을 가지고도 어둠 속에서 잘 볼 수 있지. 나도 한때는 어둠 속에서 아주 잘 볼 수 있었어. 물론 완전히 캄캄한 곳에서야 못 봤지. 하지만 거의 고양이만큼 밤눈이 밝았어.

햇볕을 쬐고 손가락을 꾸준히 움직여준 덕분에 왼손의 쥐는 이제 완전히 풀렸다. 노인은 줄을 당기는 힘을 왼손에 좀더 많이 옮겨 실었다. 그리고 어깻짓으로 등 근육을 움직여 아프게 짓누르는 줄의 위치를 약간 옮겨놓았다.

"물고기야, 아직도 지치지 않았다면, 너도 아주 이상한 놈임에 틀림없다." 노인은 큰 소리로 말했다.

노인은 이제 몹시 지쳤고, 곧 밤이 오리라는 것을 알았다. 다른 생각을 해보려고 애썼다. 노인은 메이저리그 경기에 대해 생각했다. 사실 그에겐 메이저리그라는 영어보다는 '그란 리가스'라는 스페인어가 더 친숙했다. 그는 뉴욕 양키스와 디트로이트 타이거스의 경기가 있다는 걸 알고 있었다.

후에고스*의 결과도 모르고 지낸 지 이틀이나 됐군, 노인은 생각했다. 하지만 자신감을 잃으면 안 돼. 발뒤꿈치에 뼈돌기로 통증이 있으면서도 모든 걸 완벽하게 해내는 위대한 디마지오 선수한테 부끄럽지 않게 행동하자. 뼈돌기를 뭐라고 하더라? 노인은 스스로에게 물었다. 맞아, '운 에스푸엘라 데 우에소'야. 우리에겐 그런 것이 생기지 않지. 발뒤꿈치에 싸움닭의 쇠발톱이 박힌 것만큼이나 고통스러울까? 난 그런 건 못 견딜 거야. 또 한쪽 눈이나 양쪽 눈을 다 잃은 채 싸움닭처럼 계속 싸우지도 못할 거야. 인간은 커다란 새나 야수에 비하면 보잘것없는 존재야. 그래도 나는 지금 캄캄한 바다 밑에 있는 저 야수 같은 물고기가 한번 되어봤으면 좋겠어.

"상어만 만나지 않는다면." 노인은 큰 소리로 말했다. "상어가 나타나면 저놈이나 나나 볼장 다 보는 거지."

위대한 디마지오는 내가 이놈을 상대하는 만큼 오랫동안 물고기를 상대로 버텨낼까? 노인은 생각했다. 틀림없이 그럴 거야. 아니 젊고 기운이 세니까 더 오래 버틸 수도 있겠지. 그의 아버지도 어부였으니까. 하지만 뼈돌기 때문에 통증이 너무 심하지 않을까?

"글쎄 모르겠군." 노인은 큰 소리로 말했다. "난 한 번도 뼈돌기를 경험한 적이 없으니까."

---

* '경기' '시합'이라는 뜻의 스페인어 '후에고'의 복수형.

해 질 무렵 노인은 스스로에게 자신감을 좀더 불어넣기 위해, 예전에 카사블랑카*의 한 술집에서 몸집이 아주 큰 흑인과 팔씨름했던 일을 떠올렸다. 시엔푸에고스** 출신의 그 흑인은 그 부둣가에서 제일 힘이 셌다. 두 사람은 흰 분필로 선을 그은 탁자 위에 팔꿈치를 올려놓고는 팔뚝을 똑바로 세우고 서로 손을 꽉 움켜잡은 채 꼬박 하루 낮과 하루 밤을 맞붙어 있었다. 둘은 기를 쓰고 상대방의 손을 탁자 위로 내리누르려 했다. 내기로 많은 돈이 걸렸고, 석유등 불빛 아래 사람들은 방을 들락날락하며 지켜보았다. 그는 흑인의 팔과 손 그리고 얼굴을 번갈아 쳐다보았다. 처음 여덟 시간이 지나자, 심판들이 잠을 잘 수 있도록 네 시간마다 심판을 바꿨다. 그와 흑인 모두 손톱 밑에서 피가 배어났다. 두 사람은 상대방의 눈과 팔과 팔뚝을 노려보았고, 돈을 건 사람들은 방을 들락거리며 벽에 기댄 높은 의자에 앉아 대결을 지켜보았다. 판자로 된 방 안의 벽은 밝은 파란색으로 칠해져 있었고, 석유등 불빛이 두 사람의 그림자를 벽에 비췄다. 흑인의 그림자는 굉장히 컸는데, 산들바람에 등불이 흔들릴 때마다 벽에 비친 그림자도 함께 흔들렸다.

　전세는 밤새도록 엎치락뒤치락했다. 사람들은 흑인에게 럼주를 주거나 담뱃불을 붙여주기도 했다. 럼주를 마신 흑인은 엄청난 힘을 쓰며 팔을 꺾어보곤 했다. 그래서 한번은 노인—물

---

* 아바나 만 동쪽에 있는 작은 항구 마을.
** 쿠바 중남부에 있는 항구 도시.

론 당시는 노인이 아니었고 엘 캄페온* 산티아고라고 불렸지만—의 손을 거의 팔 센티미터가량이나 기울게 만들었다. 하지만 노인은 손을 밀어올려 완전히 원점으로 돌려놓았다. 그는 그때 훌륭한 사내이자 대단한 장사인 이 흑인을 자신이 이미 이긴 것이나 다름없다고 확신했다. 동틀 무렵, 내기에 돈을 건 사람들이 그만 무승부로 하자고 요구하고 심판도 안 되겠다는 듯 고개를 가로젓고 있을 때 노인은 마침내 아껴두었던 힘을 짜내 팔을 꺾었다. 그러고는 흑인의 손을 점점 아래로 내리눌러 마침내 나무탁자 위에다 완전히 눕혀버렸다. 이 대결은 일요일 아침에 시작해서 월요일 아침이 돼서야 결국 끝났다. 돈을 건 많은 사람들이 무승부로 끝내자고 요구한 건 부두에 나가서 설탕 부대를 배에 싣거나 아바나 석탄 회사에 일하러 나가야 했기 때문이다. 그렇지만 않았다면 누구나 끝장이 날 때까지 하기를 원했을 것이다. 하지만 노인은 결국 끝장을 냈고, 그것도 사람들이 일하러 가기 전에 끝장을 냈던 것이다.

그 일이 있은 후 오랫동안 사람들은 그를 '승리자'라고 불렀다. 그러다 봄에 재대결이 있었다. 하지만 이번에는 사람들이 돈을 많이 걸지 않았고, 노인도 아주 쉽게 이겨버렸다. 첫 대결 때 그가 시엔푸에고스 출신의 이 흑인이 가진 자신감을 완전히 꺾어놓았기 때문이다. 그 후로 그는 몇 번 더 시합을 했지만 그

---

* 스페인어로 '투사' 혹은 '승자'라는 뜻.

러고 나서 더는 하지 않았다. 그는 자기가 이기고 싶다는 마음만 확실히 먹으면 상대가 누구든지 이길 수 있다고 확신했다. 하지만 고기잡이를 하는 오른손에 팔씨름은 해롭다고 생각했다. 그는 몇 차례 연습 삼아 왼손으로 시합을 해보았지만, 왼손은 언제나 그의 뜻을 배반했고 그가 시키는 대로 하려들지 않았다. 그래서 그는 왼손을 신뢰하지 않았다.

햇볕에 손은 이제 충분히 풀리겠군, 노인은 생각했다. 밤에 너무 추워지지만 않는다면 다시 쥐가 나서 골탕 먹는 일은 없을 거야. 오늘 밤 어떤 상황이 벌어질지 궁금하군.

마이애미를 향해 가는 비행기 한 대가 머리 위로 지나갔다. 비행기 그림자에 날치 떼가 놀라서 뛰어오르는 것을 노인은 지켜보았다.

"날치들이 저렇게 많으니 분명 만새기가 있겠어." 노인은 말했다. 그러고는 물고기를 조금이라도 끌어당길 수 있는지 보기 위해 몸을 뒤로 젖혀 줄을 당겼다. 하지만 물고기는 꿈쩍도 하지 않았고 줄은 끊어지기 직전까지 팽팽히 당겨진 상태에서 부르르 떨며 물방울을 튀겼다. 배는 천천히 앞으로 나아가고 있었다. 그는 비행기가 보이지 않을 때까지 그 뒤를 계속 지켜보았다.

비행기를 타면 틀림없이 아주 이상할 거야, 노인은 생각했다. 저렇게 높은 데서는 바다가 어떻게 보일까. 너무 높이 날지만 않는다면 물고기들이 잘 보일 거야. 한 삼사백 미터 상공에서 천천히 날며 물고기들을 한번 내려다보고 싶군. 거북잡이 배를

탔을 때 돛대 꼭대기의 가로막대에 올라갔었지. 그 정도 높이에서도 보이는 게 꽤 많았어. 거기서는 만새기들이 더 짙은 초록색으로 보이고 줄무늬와 자주색 반점도 잘 보이지. 게다가 헤엄쳐가는 만새기 떼 전체가 모두 내려다보이기까지 하지. 검푸른 해류를 타고 빠르게 움직이는 물고기들의 등이 왜 모두 자주색이고 대부분 자주색 줄무늬나 반점을 갖고 있는 걸까? 물론 만새기는 초록색으로 보이지, 본래 황금빛이니까 말이야. 하지만 만새기도 배가 많이 고파서 먹이를 잡을 때는 청새치처럼 옆구리에 자주색 줄무늬가 나타나지. 그렇게 줄무늬가 나타나는 건 성이 나서일까, 아니면 더 빠른 속도로 헤엄치기 때문일까?

어두워지기 직전, 배는 커다란 섬처럼 부풀어올라 있는 멕시코 만 해초 더미 옆을 지나쳤다. 가볍게 너울거리는 수면 위에서 출렁출렁 오르내리며 흔들리는 멕시코 만 해초 더미는 마치 바다가 노란 담요 밑에서 무언가와 사랑을 나누고 있는 것처럼 보였다. 바로 그때 노인의 가는 낚싯줄에 만새기 한 마리가 걸렸다. 만새기가 공중으로 뛰어올라 마지막 햇살 속에서 완전한 황금빛으로 빛나며 격렬하게 몸을 뒤틀고 펄떡거릴 때 노인은 만새기가 낚시에 걸린 것을 알았다. 만새기는 공포에 사로잡힌 채 곡예를 부리며 뛰어오르고 또 뛰어올랐다. 노인은 고물 쪽으로 조심스레 옮겨갔다. 그러고는 몸을 웅크리고 오른손과 오른팔로 큰 줄을 그대로 잡은 채, 왼손으로 만새기가 걸린 줄을 끌어당겼다. 매번 당겨진 줄은 왼쪽 맨발로 밟았다. 만새기가 필사

적으로 이리저리 날뛰고 몸부림치며 고물까지 끌려왔을 때, 노인은 고물 너머로 몸을 기울여 자주색 반점을 드러낸 채 황금빛을 번뜩이는 녀석을 배 안쪽으로 끌어올렸다. 만새기는 주둥이를 발작적으로 빠르게 벌렸다 다물었다 하며 낚싯바늘을 뿌리치려고 용을 쓰면서 꼬리와 머리와 길고 넓적한 몸뚱이로 배 바닥을 마구 두드려댔다. 노인이 그 반짝이는 황금빛 대가리를 몽둥이로 후려치자 마침내 부르르 몸을 한 번 떨고는 잠잠해졌다.

노인은 만새기의 주둥이에서 낚싯바늘을 빼고는 다시 정어리 미끼를 끼워 뱃전 너머로 던졌다. 그런 다음 그는 천천히 조심스레 뱃머리로 다시 옮겨갔다. 그리고 왼손을 씻은 뒤 바지에 문질러 닦았다. 그런 다음 오른손으로 쥐고 있던 무거운 줄을 왼손에 옮겨 쥐고 오른손을 바닷물에 씻으면서 태양이 바닷속으로 가라앉는 모습과 굵은 낚싯줄의 비스듬한 기울기를 살펴보았다.

"놈은 조금도 변화가 없군." 노인은 말했다. 하지만 오른손에 와 부딪는 바닷물의 움직임을 보면 속도는 눈에 띌 만큼 느려진 것을 알 수 있었다.

"고물에다 노 두 개를 가로로 함께 묶어 물에 담가둬야겠다. 그러면 밤사이 놈의 속도를 떨어뜨릴 수 있을 거야." 노인은 말했다. "놈은 오늘 밤도 충분히 잘 버틸 거고 나 역시 잘 버틸 거야."

만새기의 내장은 조금 기다렸다가 발라내는 게 좋겠어, 그래

야 피가 살 속에 그대로 남아 있을 테니까 말이야, 노인은 생각했다. 그래, 조금 기다렸다가 하자. 그리고 배에 저항력을 더하도록 노를 매어놓는 것도 그때 같이 하자. 지금은 놈을 가만히 내버려두는 게 좋아. 해질녘에 너무 자극하는 건 좋지 않아. 해질 무렵은 어떤 물고기한테든 힘든 시간이니까.

노인은 오른손을 바람에 말렸고, 그 손으로 낚싯줄을 꽉 움켜쥐고 가능한 한 편한 자세를 취했다. 그런 다음 줄에 당겨지는 몸을 뱃머리 판자에 바짝 기대어 붙였는데, 그렇게 해서 물고기가 끄는 힘을 자기가 받는 만큼, 아니 훨씬 더 많이 배에 떠맡길 수 있었다.

점점 요령을 터득해가고 있어, 노인은 생각했다. 어쨌든 이 상황에선 이렇게 하는 거야. 게다가 놈은 낚시에 걸린 뒤로 아무것도 못 먹었다는 걸 기억해. 엄청 큰 놈이라 많이 먹어야 할 텐데 말이야. 난 다랑어 한 마릴 고스란히 먹었지. 내일은 만새기를 먹을 거야. 노인은 만새기를 '도라도'*라고 불렀다. 내장을 발라낼 때 조금 먹어둬야 할지도 몰라. 다랑어보다는 먹기가 힘들 거야. 하지만 세상에 쉬운 일이란 없는 법이지.

"물고기야, 넌 지금 어떠냐?" 노인은 큰 소리로 물었다. "난 쌩쌩하단다. 왼손도 좋아졌고 내일 낮까지 먹을 것도 있지. 너는 열심히 배를 끌거라, 물고기야."

---

* 만새기를 가리키는 스페인어.

노인이 정말로 쌩쌩한 건 아니었다. 등을 짓누르는 낚싯줄의 고통이 이미 통증의 정도를 넘어서 무감각한 상태에 이르렀고, 그건 심상치 않은 조짐이었다. 하지만 전엔 이보다 더 심한 고통도 겪었잖아, 노인은 생각했다. 오른손에 상처를 약간 입었을 뿐이고 왼손에 났던 쥐는 다 풀렸어. 두 다리도 끄떡없고. 게다가 먹는 문제에 있어서 난 지금 저놈보다 유리한 위치에 있어.

날은 벌써 어두웠다. 구월에는 해가 지면 이렇게 바로 어두워진다. 노인은 모서리가 닳은 뱃머리 판자에 기대고 누워 될 수 있는 대로 쉬었다. 첫 별이 떴다. 그는 리겔성*이라는 이름은 몰랐지만 그 별을 보자 이제 곧 다른 별들도 모두 나타나리란 걸 알았다. 그러면 노인은 저 멀리 반짝이는 친구 모두를 만날 것이다.

"저 물고기 녀석도 내 친구지." 노인은 큰 소리로 말했다. "저놈은 내 평생 듣도 보도 못한 굉장한 물고기야. 하지만 난 놈을 죽여야 해. 별들을 죽이려고 애써야 하는 게 아니니 참 다행이야."

만약 사람이 매일 달을 죽이려고 애써야 한다면 어떻게 될까? 노인은 생각했다. 달은 도망쳐버리고 말겠지. 그것도 그렇지만 만약 사람이 매일 태양을 죽이려고 애써야 한다면 어떻게 될까? 그렇게 태어나지 않은 게 천만다행이지, 노인은 생각했다.

---

* 오리온자리의 베타성.

그러다가 노인은 먹은 게 아무것도 없는 그 커다란 물고기가 불쌍해졌다. 그렇지만 이런 연민에도 물고기를 죽이겠다는 결심은 결코 약해지지 않았다. 놈을 잡으면 몇 사람이나 먹을 수 있을까? 하지만 그 사람들이 놈을 먹을 만한 자격이 있을까? 없지, 물론 없고말고. 놈의 행동거지와 대단한 위엄을 생각할 때 놈을 먹을 자격이 있는 사람은 아무도 없어.

이런 일들은 난 잘 모르겠어, 노인은 생각했다. 어쨌든 우리가 태양이나 달이나 별을 죽이려고 애쓰지 않아도 되는 건 다행이야. 바다에서 살아가며 우리의 진정한 형제를 죽이는 것만으로도 충분하니까 말이야.

자, 이제 노를 매어 배에 저항력을 더하는 일에 대해 생각해봐야 해, 노인은 생각했다. 거기엔 위험한 점도 있고 좋은 점도 있어. 만약 놈이 힘을 써서 줄을 세게 끌었을 때, 노 때문에 저항력이 생겨 배가 무거워지면 난 놈에게 줄을 아주 많이 풀어줘야 할 거고 그러다가 놈을 놓칠 수도 있어. 배가 가벼우면 놈과 나 둘 다 고통이 길어지겠지만 내 안전을 보장해주는 것이기도 해. 놈은 아직 전혀 드러내지 않은 굉장한 속도를 낼 수 있을 테니까. 어쨌거나 만새기가 상하기 전에 내장을 발라내고, 힘을 내기 위해 좀 먹어둬야 해.

이제 한 시간쯤 더 쉬었다가 놈이 여전히 힘 있고 팔팔한지 알아본 뒤에 고물로 가서 노를 매어놓을지 결정하자. 쉬면서도 놈이 어떤 행동을 하는지 어떤 변화가 있는지 알 수 있지. 노를

매어놓는다는 건 좋은 생각이야. 하지만 지금은 안전하게 굴어야 할 때야. 아직 놈은 힘이 대단한 물고기야. 낚싯바늘이 주둥이 한귀퉁이에 박혀 있고 놈이 그 위로 주둥일 꽉 다물고 있는 걸 난 분명히 봤어. 하지만 놈한테 낚싯바늘이 주는 고통쯤은 아무것도 아닐 거야. 굶주림의 고통, 그리고 자기가 알지 못하는 어떤 존재와 대결하고 있다는 사실, 그게 가장 견디기 힘든 문제겠지. 자, 이보게, 늙은이, 자넨 이제 그만 쉬게. 다음 일이 닥칠 때까지는 놈이 계속 애쓰도록 내버려둬.

노인이 생각하기에 두 시간은 족히 쉰 것 같았다. 늦은 시간까지 달이 뜨지 않는 시기였으므로 정확한 시간은 알 길이 없었다. 그리고 쉬었다고 해도 비교적 그렇다는 말이지 정말로 쉰 것은 아니었다. 여전히 노인은 물고기가 끄는 힘을 양어깨로 받아 버티고 있었다. 하지만 왼손으로 뱃머리의 가장자리를 잡고 물고기에게 저항하는 힘을 가급적 배 자체에 실리도록 했다.

줄을 배에 잡아매어둔다면 정말로 일이 쉬워질 텐데, 노인은 생각했다. 하지만 놈이 조금만 요동쳐도 줄이 끊어질 수 있단 말이야. 줄이 당기는 힘을 내 몸으로 조절해 받으면서 언제든지 두 손으로 줄을 풀어줄 준비가 되어 있어야 하니 도리가 없어.

"하지만 이보게, 늙은이, 자넨 여태 한숨도 못 잤어." 노인은 큰 소리로 말했다. "어제 오후랑 밤 그리고 오늘 하루 내내 자넨 한숨도 못 잤다고. 뭔가 방법을 생각해내서, 놈이 저렇게 얌전히 가는 동안 잠깐 눈을 좀 붙여야만 해. 잠을 못 자면 맑은 정

신으로 있기가 어려워."

내 정신은 아직 충분히 맑아, 노인은 생각했다. 너무 맑다고
할 정도야. 내 형제인 저 별들만큼이나 맑아. 그렇더라도 눈을
좀 붙이긴 해야 해. 별들도 잠을 자고 달과 태양도 잠을 자잖아.
심지어 바다조차도 이따금 잠자는 날이 있어서 그럴 땐 해류의
흐름도 없이 죽은 듯 고요하기만 하지.

어쨌든 잠자는 걸 잊어선 안 돼, 노인은 생각했다. 억지로라
도 눈을 붙여야 해. 줄을 다룰 뭔가 간단하고 확실한 방법을 생
각해내야 해. 자, 고물로 가서 만새기를 손질하자. 잠을 자야 한
다면 노를 고물에 매어 저항력을 주는 건 너무 위험해.

잠을 안 자고도 견딜 수 있지 않을까, 노인은 자신에게 말했
다. 하지만 그건 너무 위험해.

노인은 물고기를 갑자기 잡아당기지 않도록 조심하면서 두
손과 무릎으로 기어 고물 쪽으로 옮겨갔다. 놈이야말로 정작 반
쯤 잠들어 있을지 몰라, 노인은 생각했다. 놈이 쉬어서는 안 되
는데. 죽을 때까지 놈은 배를 끌어야 하는데.

고물에 다다르자 노인은 몸을 돌려, 어깨를 가로질러 당기는
줄의 힘을 왼손으로 옮겨 잡은 뒤 오른손으로 칼집에서 칼을
뽑았다. 별빛이 환히 빛나고 있어서 만새기는 똑똑히 보였다.
노인은 칼날을 만새기 대가리에 푹 찔러 고물 밑에서 끌어냈다.
한쪽 발로 고기를 밟고 꽁무니에서 주둥이 아래까지 칼로 그
어 신속하게 배를 갈랐다. 그런 다음 칼을 내려놓고는 오른손을

배 속에 집어넣어 내장을 깨끗이 파내고 아가미도 남김없이 뜯어냈다. 손에 만져지는 밥통 부분이 묵직하고 미끈미끈해서 칼로 갈라보니, 날치 두 마리가 들어 있었다. 아직 싱싱하고 탱탱한 날치들이었다. 그는 날치를 나란히 꺼내놓고 만새기의 내장과 아가미를 고물 너머로 던졌다. 그것들은 물속에 인광의 꼬리를 남기며 가라앉았다. 만새기는 차가웠고 별빛을 받아 푸르뎅뎅한 회백색으로 보였다. 노인은 오른발로 대가리를 밟은 채 한쪽 껍질을 벗겨냈다. 그런 다음 뒤집어놓고는 나머지 한쪽의 껍질을 벗긴 뒤 양쪽 살을 머리에서 꼬리까지 각각 발라냈다.

노인은 뼈만 남은 만새기를 뱃전 너머로 미끄러뜨렸다. 그러고는 물속에 소용돌이가 일지 않는지 주의해 살폈다. 하지만 천천히 가라앉는 만새기 사체의 인광만 보일 뿐이었다. 노인은 몸을 돌려서 발라낸 만새기 살 조각 사이에다 날치 두 마리를 끼워넣었다. 그러고는 칼을 칼집에 꽂고서 뱃머리 쪽으로 다시 천천히 옮겨갔다. 가로질러 감긴 줄 무게 때문에 그의 등은 구부정했으며 오른손에는 고기가 들려 있었다.

뱃머리로 돌아온 노인은 발라낸 만새기 살 두 조각을 뱃머리 판자에 펼쳐놓고 그 옆에다 날치를 꺼내놓았다. 그러고 난 뒤 어깨를 가로지른 줄의 위치를 바꾸고는 왼손으로 다시 줄을 잡으며 뱃전에 기댔다. 그런 다음 그는 뱃전 너머로 몸을 기울여 날치를 바닷물에 씻었는데, 그러면서 손에 부딪는 물결의 속도에 주의를 기울였다. 물고기 껍질을 벗기느라 그의 오른손에는

인광이 묻어 있었다. 노인은 손에 부딪는 물결의 흐름을 살펴보았다. 물결이 전보다 약해져 있었다. 손날을 뱃전 바깥에 문질러 닦자 인광 가루가 떨어져 고물 쪽으로 천천히 흘러갔다.

"놈은 지금 지쳤거나 쉬고 있을 거야." 노인은 말했다. "그러니 자, 이 만새기를 먹는 고역을 얼른 끝내자. 그리고 좀 쉬고 눈도 좀 붙이자."

별빛 아래, 시시각각 싸늘해져가는 밤공기 속에서 노인은 발라낸 만새기 살 반 조각과, 내장을 꺼내고 대가리를 잘라낸 날치 한 마리를 꾸역꾸역 먹었다.

"요리해서 먹으면 만새기는 참으로 훌륭한 고기인데," 노인은 말했다. "날것으로 먹기엔 참으로 역겨운 고기군. 다음부터 배를 탈 때는 소금이나 라임을 꼭 준비해야겠어."

머릴 좀 썼더라면 바닷물을 뱃머리에다 하루 종일 뿌려서 말렸을 거고, 그랬으면 소금이 생겼을 텐데, 노인은 생각했다. 하지만 내가 만새기를 잡은 건 해가 거의 다 졌을 때였어. 그래도 준비가 부족했던 건 사실이야. 어쨌든 모두 잘 씹어서 먹었고 구역질도 나지 않았어.

동쪽 하늘에 구름이 잔뜩 끼더니 그가 알고 있는 별들이 하나둘 사라졌다. 이제 배는 마치 거대한 구름의 협곡으로 들어가고 있는 것처럼 느껴졌다. 바람은 잠잠했다.

"사나흘 뒤에는 날씨가 고약해지겠군." 노인은 말했다. "하지만 오늘 밤하고 내일은 괜찮을 거야. 자, 이보게, 늙은이. 이제

눈 좀 붙일 채비를 하게나, 저놈이 이대로 얌전히 가는 동안 말이야."

노인은 오른손으로 줄을 꽉 움켜쥔 다음 허벅지로 오른손을 꽉 누른 채 뱃머리 판자에 온몸의 무게를 실으며 기댔다. 그런 다음 어깨 위의 줄을 약간 밑으로 내리고는 왼손으로 줄을 단단히 거머쥐었다.

허벅지에 꽉 눌려 있는 한, 오른손은 그대로 줄을 잡고 있을 거야, 노인은 생각했다. 그리고 자면서 그 손에 힘이 풀리더라도 줄이 빠져나갈 때 왼손이 당겨지며 잠을 깨울 거야. 오른손에겐 고통스러운 자세겠지만 오른손은 힘든 일에 익숙해져 있어. 이십 분이나 반시간만이라도 자두면 좋을 거야. 노인은 온몸의 무게를 오른손에 실은 채, 몸 전체로 낚싯줄을 죄어당기며 몸을 앞으로 웅크렸다. 그리고 잠이 들었다.

노인은 사자 꿈을 꾸지 않았다. 그 대신 십오륙 킬로미터나 길게 뻗쳐 있는 엄청난 돌고래 떼의 꿈을 꾸었다. 짝짓기 때였고 돌고래들은 공중으로 높이 뛰어올랐다가는 뛰어오를 때 수면에 생긴 바로 그 구멍 속으로 도로 떨어지곤 했다.

그런 다음 노인은 자기 집 침대에 누워 자는 꿈을 꿨다. 강한 북풍이 불었고 몹시 추웠으며, 베개 대신 오른팔을 베고 있어서 오른팔이 마비되어 저렸다.

그리고 나서 노인은 길게 뻗은 황금빛 해변 꿈을 꾸었다. 막 밀려오는 어스름 속에서 맨 처음 해변으로 내려오는 사자가 보

였다. 곧 다른 사자들도 뒤따랐다. 노인은 앞바다로 부는 저녁 산들바람을 받으며 정박해 있는 배의 뱃머리 판자에 턱을 괴고 앉았다. 그러고는 사자들이 더 나타나는지 보려고 기다렸다. 그는 행복했다.

달이 뜬 지도 한참 되었지만 노인은 계속해서 잤고 물고기는 변함없이 배를 계속 끌고 갔다. 배는 구름의 터널 속으로 들어가고 있었다.

갑자기 오른손 주먹이 위로 홱 당겨져 얼굴을 치는 바람에 노인은 잠에서 깼다. 줄이 오른손 손가락 사이로 살을 뜨겁게 태우며 풀려나가고 있었다. 왼손에는 어찌 된 일인지 아무 느낌도 없었다. 일단 오른손으로 온 힘을 다해 속도를 늦추려고 했으나 줄은 빠르게 풀려나갔다. 마침내 왼손에 줄이 잡혔고 노인은 몸을 젖혀 줄을 등에 대고 버텼다. 그러자 이제 등짝과 왼손의 살이 뜨겁게 탔다. 왼손은 줄의 힘을 전부 받으며 심하게 상처를 입고 있었다. 노인은 여분의 낚싯줄 뭉치들을 돌아보았다. 그것들은 이상 없이 술술 풀리고 있었다. 바로 그때 물고기가 바다에 거대한 폭발을 일으키며 뛰어올랐다. 그러고는 육중한 소리를 내며 떨어지는가 싶더니 다시 계속해서 연거푸 뛰어올랐다. 줄은 여전히 빠르게 풀려나갔지만 배는 빠른 속도로 내닫고 있었고, 노인은 줄이 끊어지기 직전까지 힘주어 당겼다가 놓아주고 또 당겼다가 놓아주고 하면서 버텼다. 그는 줄에 끌려 뱃머리에 바짝 넘어진 채, 잘라놓았던 만새기 살 조각에 얼굴을

처박고 있었다. 하지만 꼼짝할 수가 없었다.

기다리던 순간이 드디어 온 거야, 노인은 생각했다. 그러니자, 맞붙어보자.

놈한테서 낚싯줄 값을 보상받고 말겠어, 노인은 생각했다. 꼭 보상받고 말겠어.

노인은 물고기가 뛰어오르는 걸 볼 수 없었다. 그저 바다가 부서지는 소리와 물고기가 무겁게 철썩하며 떨어지는 소리만 들을 수 있었다. 빠른 속도로 풀려나가는 줄은 그의 두 손에 심한 상처를 입혔다. 하지만 이런 일이 일어나리라고 이미 각오하고 있었다. 그는 굳은살이 박인 부분에만 줄이 쓸리도록 하면서 줄이 손바닥을 파고들거나 손가락에 상처를 입히지 않게 하려고 애썼다.

그 애가 곁에 있다면 줄 뭉치에 물을 뿌려 적셔줄 텐데, 노인은 생각했다. 그래. 그 애가 곁에 있다면. 그 애가 곁에 있기만 하다면.

줄은 쉬지 않고 계속 풀려나갔지만 이제 속도가 줄었다. 노인은 물고기한테 단 한 치의 줄도 쉽게 내주지 않았다. 이제 노인은 뺨으로 짓뭉개고 있던 만새기 살 조각에서 얼굴을 떼며 뱃머리 판자에서 고개를 들었다. 그런 다음 무릎을 꿇었다가 천천히 발을 딛고 일어섰다. 그러면서 줄은 계속 풀어주고 있었지만 그 속도를 점점 늦췄다. 그는 줄 뭉치가 놓인 곳으로 조심스레 옮겨갔고, 어두워서 안 보이는 그 줄 뭉치를 발로 건드려 느껴

보았다. 줄은 아직 많이 남아 있었다. 이제 물고기는 새로 풀려나간, 물속에서 마찰을 일으키고 있는 그 모든 줄을 힘들게 끌어야만 할 터였다.

그래, 됐어, 노인은 생각했다. 게다가 놈은 십여 차례 넘게 뛰어올라서 등뼈를 따라 있는 부레에 공기를 잔뜩 채웠어. 이제 내가 끌어올리지 못할 깊은 곳으로 내려가 죽을 수는 없어. 놈은 곧 원을 그리며 돌겠지. 그러면 난 놈에게 내 솜씨를 보여줘야 해. 그런데 무엇 때문에 놈은 그렇게 갑자기 날뛰었을까? 너무 굶주려서 필사적으로 날뛴 걸까, 아니면 어둠 속에서 뭔가에 놀란 걸까? 어쩌면 갑자기 공포를 느꼈는지도 몰라. 하지만 놈은 아주 침착하고 강한 물고기라서 두려움 따위가 전혀 없다는 듯 아주 자신만만해 보였는데. 거 참 이상한 일이군.

"이보게, 늙은이, 자네나 두려워 말고 자신감을 갖게." 노인은 말했다. "놈을 다시 붙들긴 했지만 줄을 아직 못 끌어당기고 있잖아. 하지만 놈은 곧 원을 그리며 돌게 될 거야."

노인은 이제 왼손과 양어깨로 물고기의 힘에 맞섰고, 그 상태로 허리를 구부려 오른손으로 바닷물을 떴다. 그러고는 짓뭉개져서 얼굴에 들러붙은 만새기 살점을 씻어냈다. 그냥 놔뒀다가 구역질이 나서 토하면 힘이 빠져버릴까 두려웠다. 얼굴을 닦아낸 뒤에는 오른손을 뱃전 너머 바닷물에 담가 씻었다. 그러고는 손을 짠 바닷물에 그대로 담근 채 해뜨기 전의 첫 새벽빛이 비치는 것을 지켜보았다. 놈이 거의 동쪽으로 방향을 틀었군, 노

인은 생각했다. 그건 놈이 지쳐서 해류를 타고 있다는 걸 의미해. 놈은 곧 원을 그리며 돌게 될 거야. 그러면 우리의 진짜 대결이 시작되는 거지.

오른손을 바닷물에 충분히 오랫동안 담가놓았다고 판단한 노인은 손을 물에서 꺼내 살펴보았다.

"그리 나쁜 상태는 아니군." 노인은 말했다. "고통쯤이야 사내에겐 별거 아니지."

노인은 줄에 쓸려 새로 생긴 상처에 줄이 닿지 않도록 주의하며 오른손으로 조심스레 줄을 잡았다. 그러고는 몸의 무게중심을 옮겨 다른 편 뱃전 너머로 왼손을 바닷물에 담갔다.

"빌빌한 놈치곤 너도 구실을 영 못하진 않았어." 노인은 왼손에 대고 말했다. "하지만 필요할 때 네놈을 찾을 수 없는 순간도 있었어."

어째서 난 양쪽 다 강한 손을 타고나지 못했을까? 노인은 생각했다. 이놈 왼손을 제대로 훈련시키지 못한 내 잘못인지도 모르지. 하지만 하느님도 아시지만 이놈이 배울 수 있는 기회는 얼마든지 있었어. 그래도 간밤에 영 구실을 못하진 않았어. 쥐도 한 번밖에 안 났고 말이야. 만약 또다시 쥐가 나면 낚싯줄에 끊어져버리게 하고 말 테다.

이런 생각에 이르자 노인은 자신이 맑은 정신상태가 아니라는 걸 깨달았다. 그래서 만새기를 좀더 씹어먹어야겠다고 생각했다. 하지만 못 먹겠어, 그는 자신에게 말했다. 구역질로 힘이

빠지는 것보다는 정신이 좀 멍하고 흐릿한 게 차라리 나아. 게다가 내 얼굴을 처박았던 고기라서 먹는다고 해도 다시 토해낼 게 분명해. 상할 때까지 그냥 비상용으로 남겨두자. 하지만 영양분을 섭취해서 기운을 얻기에는 이제 너무 늦었어. 이런 바보, 노인은 자신에게 말했다. 날치 한 마리 남은 게 있잖아, 그걸 먹어.

과연 깨끗이 손질해서 먹기 좋게 준비해둔 날치가 거기 있었다. 노인은 왼손으로 그걸 집어 입에 넣었다. 그러고는 뼈를 꼭꼭 잘 씹으며 꼬리까지 모두 먹어치웠다.

날치보다 영양분이 많은 물고기는 아마 없을걸, 노인은 생각했다. 적어도 나한테 지금 필요한 힘을 주는 데는 날치만한 게 없어. 자, 이제 내가 할 수 있는 건 다 했어, 그는 생각했다. 놈더러 원을 그리며 돌라고 해. 난 싸울 준비가 되어 있으니까.

노인이 바다로 나온 뒤로 세번째 태양이 떠오르고 있었다. 바로 그때 물고기가 원을 그리며 돌기 시작했다.

줄의 기울기만 가지고는 물고기가 돌고 있다는 사실을 알 수 없었다. 그러기엔 아직 일렀다. 다만 줄을 당기는 힘이 희미하나마 살짝 느슨해지는 걸 느꼈을 뿐이다. 그는 오른손으로 줄을 가만히 잡아당겼다. 줄은 여전히 팽팽하게 쫙 펴졌다. 하지만 금방이라도 끊어질 것 같은 마지막 한계점에 도달한 순간 줄이 끌려오기 시작했다. 노인은 어깨와 머리를 숙여 줄을 앞으로 벗긴 다음 가만히 그리고 지속적으로 줄을 끌어당기기 시작했다.

그는 두 손을 사용하며 몸을 스윙하듯 좌우로 흔들었다. 할 수 있는 한 몸통과 두 다리의 힘으로 줄을 당겼다. 그의 늙은 두 다리와 어깨는 중심축이 되어 줄을 당기는 몸짓에 따라 움직였다.

"굉장히 큰 원을 그리며 도는데!" 노인은 말했다. "하지만 놈이 돌고 있는 것만은 분명해."

그러다가 줄이 더는 끌려오지 않았다. 노인은 줄에서 물방울이 햇빛을 받으며 튕겨나가는 것을 볼 때까지 줄을 잡고 버텼다. 그러다가 물고기가 줄을 홱 잡아당겼고 노인은 무릎을 꿇으며 어쩔 수 없이 줄을 풀어 어두운 바닷속으로 다시 돌려보내야 했다.

"놈이 지금 원의 먼 끝부분을 돌고 있는 거야." 노인은 말했다. 최대한 당기며 버텨야 해, 그는 생각했다. 힘껏 당기고 있으면 놈이 도는 원은 매번 작아질 거야. 아마 한 시간쯤 뒤에는 놈을 볼 수 있을걸. 자, 이제 난 놈을 제압해야 해. 그런 다음 죽여야 해.

하지만 물고기는 계속해서 천천히 원을 그리며 돌았고 두 시간쯤 지나자 노인은 땀에 흠뻑 젖은 채 뼛속까지 깊이 지쳤다. 하지만 원의 크기가 이제 훨씬 작아졌고 낚싯줄의 기울기로 볼 때 물고기가 그동안 헤엄치면서 점차 위로 올라왔다는 사실을 알 수 있었다.

한 시간쯤 전부터 노인의 눈앞에는 검은 반점들이 보이기 시작했다. 땀이 흘러내려 눈이 따가웠고, 또 눈과 이마에 난 상처

도 쓰라렸다. 노인은 눈앞에 반점이 보이는 걸 별로 염려하지 않았다. 낚싯줄을 있는 힘껏 당길 때면 으레 생기는 현상이었다. 그러나 두 번인가 현기증이 나며 아찔해지는 느낌이 들었는데, 이건 좀 걱정스러운 증상이었다.

"이런 물고기를 눈앞에 두고 기력이 다해 죽을 수는 없어." 노인은 말했다. "놈이 마침내 아주 잘 올라오고 있는데, 하느님 제발 제가 견뎌낼 수 있게 도와주옵소서. 주기도문이랑 성모송을 백 번씩이라도 얼마든지 외우겠습니다. 지금 당장 외울 수는 없지만 말입니다."

일단 외운 걸로 쳐주십시오, 노인은 생각했다. 나중에 꼭 외우겠습니다.

바로 그때 노인은 두 손으로 잡고 있던 줄이 튕기며 갑자기 왈칵 당겨지는 것을 느꼈다. 날카롭고 강하고 육중한 힘이었다.

놈이 철사로 된 낚시 목줄을 뾰족한 주둥이로 치고 있군, 노인은 생각했다. 당연히 일어날 일이지. 놈은 그렇게라도 하지 않을 수 없겠지. 하지만 그 때문에 놈이 뛰어오를지도 몰라. 그냥 계속 돌기만 하면 좋겠는데. 아까 뛰어오른 건 놈의 부레에 공기가 채워지도록 했으니까 필요한 일이었어. 하지만 이제부터는 매번 뛰어오를 때마다 낚싯바늘이 박힌 부위가 벌어져서 잘못하면 바늘이 빠져버릴 수 있단 말이야.

"뛰어오르지 마라, 물고기야." 노인은 말했다. "뛰어오르지 마."

물고기는 철삿줄을 몇 번 더 쳤다. 물고기가 머리를 흔들어댈 때마다 노인은 줄을 조금씩 풀어주었다.

놈의 고통을 지금 이 정도로 유지시켜야 해, 노인은 생각했다. 내 고통은 아무 상관 없어. 내가 충분히 통제할 수 있으니까. 하지만 놈의 고통은 놈을 미쳐 날뛰게 할 수도 있어.

잠시 후 물고기는 철삿줄 치는 것을 멈추더니 다시금 천천히 원을 그리며 돌기 시작했다. 노인은 이제 줄을 지속적으로 끌어들였다. 하지만 다시 현기증이 났다. 그는 왼손으로 바닷물을 조금 길어올려 머리에 끼얹었다. 그리고 몇 번 더 그렇게 물을 끼얹고 나서 목덜미를 문질렀다.

"쥐는 나지 않는군." 노인은 말했다. "놈은 곧 올라올 거고 난 견딜 수 있어. 아니, 반드시 견뎌내야 해. 그따위 말은 차라리 하지도 마."

노인은 뱃머리에 기대며 무릎을 꿇고 앉았다. 그리고 잠시 동안 줄을 등 뒤로 다시 넘겨 걸쳤다. 놈이 원의 먼 쪽을 돌고 있는 동안 좀 쉬었다가 가깝게 돌 때 일어나서 놈을 상대하자, 노인은 그렇게 마음먹었다.

줄을 전혀 당기지 않은 채 그냥 뱃머리에 기대어 쉬면서 물고기 혼자 한 바퀴 돌게 내버려두고 싶은 마음이 아주 큰 유혹으로 다가왔다. 하지만 당겨지는 힘이 늦춰지는 것으로 미루어 물고기가 배 쪽으로 방향을 바꿔 돌고 있음을 알았을 때, 노인은 두 발을 딛고 일어서서 몸을 중심축으로 두 팔을 번갈아 움

92

직이며 줄을 잡아당기기 시작했다. 그렇게 당겨진 줄은 모두 배 안으로 끌어올려졌다.

이렇게 지치고 힘든 적은 한 번도 없었어, 노인은 생각했다. 무역풍이 불기 시작하는군. 하지만 놈을 싣고 돌아가는 데 도움이 될 좋은 바람이야. 내게 꼭 필요한 바람이지.

"놈이 다음번에 먼 쪽을 돌 때 또 쉬도록 하자." 노인은 말했다. "아까보단 기분이 한결 좋군. 이제 두세 번쯤 더 돌면 놈을 잡을 수 있을 거야."

노인의 밀짚모자는 머리 뒤통수 쪽으로 훌렁 젖혀져 있었다. 줄이 당겨지면서 물고기가 바깥쪽으로 방향을 트는 것이 느껴졌을 때 노인은 뱃머리에 털썩 주저앉았다.

자, 혼자 힘쓰며 계속 돌아라, 물고기야, 노인은 생각했다. 돌아오면 내가 다시 상대해주마.

파도가 상당히 높아져 있었다. 하지만 날씨가 좋을 때만 부는 미풍이었고 집에 돌아가기 위해서는 필요한 바람이었다.

"그저 배가 남서쪽을 향하도록만 해놓으면 될 거야." 노인은 말했다. "바다에서는 길을 잃는 법이 없어. 게다가 쿠바는 아주 긴 섬이니까."

물고기가 모습을 보인 것은 세 바퀴째 돌던 때였다.

처음에는 배 밑을 지나는 물고기의 시커먼 그림자가 보였는데, 다 지나갈 때까지 시간이 너무나 오래 걸려서 과연 그렇게 긴 물고기인지 믿을 수 없을 정도였다.

"아냐," 노인은 말했다. "그렇게 큰 놈일 리는 없어."

하지만 물고기는 정말 그렇게 컸다. 돌고 있던 원을 다 그린 뒤 물고기는 배에서 겨우 삼십 미터밖에 떨어지지 않은 곳에서 수면으로 떠올랐다. 물 밖으로 나온 꼬리가 먼저 보였다. 커다란 낫의 긴 날보다도 더 높이 솟은 꼬리는 검푸른 바닷물 위에서 아주 연한 보라색을 띠었다. 꼬리는 이내 뒤로 기울어졌고, 노인은 수면 바로 밑에서 헤엄치는 물고기의 거대한 몸통과 그 몸통에 새겨진 자주색 줄무늬를 볼 수 있었다. 등지느러미는 누워 있었고 거대한 가슴지느러미는 양쪽으로 활짝 펼쳐져 있었다.

물고기가 다시 돌아나가기 전에 노인은 물고기의 눈을 볼 수 있었다. 회색 빨판상어 두 마리가 물고기 곁에서 함께 헤엄치는 모습도 보였다. 빨판상어들은 어떤 때는 물고기한테 달라붙었다가 어떤 때는 홱 떨어져나왔다. 또 어떤 때는 물고기 그림자 밑에서 한가롭게 헤엄치기도 했다. 두 마리 모두 구십 센티미터 이상은 되어 보였으며, 빠르게 헤엄칠 때는 온몸을 뱀장어처럼 세차게 흔들어댔다.

노인은 이제 땀을 많이 흘리고 있었다. 그건 꼭 햇빛 때문만은 아니었다. 물고기가 조용하고 차분하게 배 쪽으로 돌아올 때마다 노인은 줄을 계속 끌어당겼고, 이제 두 바퀴만 더 돌면 작살을 꽂을 기회가 생기리라고 그는 확신했다.

하지만 놈을 아주 바짝, 최대한 바짝 붙여놓아야 해, 노인은 생각했다. 그리고 머리를 노려서는 안 돼. 심장을 찔러야 해.

"이보게, 늙은이, 진정하고 힘을 내게나." 노인은 말했다.

한 바퀴 더 돌았을 때 물고기 등이 수면 위로 나왔다. 하지만 배에서 좀 먼 거리였다. 다시 한 바퀴 더 돌았을 때도 물고기는 아직 너무 멀리 있었다. 하지만 몸통이 물 위로 훨씬 높이 올라와 있었다. 노인은 줄을 얼마간 더 끌어당기면 물고기를 배와 나란히 붙일 수 있겠다고 확신했다. 작살은 이미 한참 전부터 준비해놓고 있었다. 작살에 연결된 가벼운 밧줄은 둘둘 감아서 둥근 바구니에 담아두었고 그 끝은 뱃머리의 말뚝에 단단히 묶어놓았다.

물고기가 다시 원을 그리며 돌아오고 있었다. 차분하고 아름다운 모습이었고 커다란 꼬리만이 움직이고 있었다. 노인은 물고기를 좀더 가까이 끌어당기기 위해 온 힘을 다해 줄을 잡아당겼다. 아주 잠깐 물고기는 배를 보이며 옆으로 약간 뒤집어졌다. 그러더니 금세 자세를 바로잡고는 다시 원을 그리며 돌기 시작했다.

"놈을 기우뚱하게 만들었어." 노인은 말했다. "내가 놈을 기우뚱하게 만들었다고."

노인은 다시금 현기증을 느꼈다. 하지만 온 힘을 짜내어 그 커다란 물고기를 붙잡고 늘어졌다. 내가 놈을 기우뚱하게 만들었어, 그는 생각했다. 아마 이번에는 완전히 뒤집을 수 있을지도 몰라. 잡아당겨, 손아, 그는 생각했다. 단단히 버텨라, 두 다리야. 제발 견뎌다오, 정신아. 제발 견뎌다오. 넌 한 번도 무너진

적이 없잖아. 자, 이번엔 완전히 당겨 뒤집어놓고 말겠어.

물고기가 배와 나란히 되기 훨씬 전부터 잡아당기기 시작한 노인은 남아 있는 기운을 다 쏟아 전력을 다해 줄을 잡아당겼지만 물고기는 얼마간 끌려오며 뒤집어지는가 싶더니 이내 몸을 바로 세우고는 헤엄쳐가버렸다.

"물고기야," 노인은 말했다. "물고기야, 넌 어쨌든 죽어야 할 운명이야. 그렇다고 나까지 죽여야 하겠냐?"

그래봤자 아무 소용도 없어, 노인은 생각했다. 입이 너무 말라서 말도 할 수 없을 지경이었다. 하지만 지금은 물병을 집기 위해 손을 뻗을 상황이 아니었다. 이번에야말로 놈을 배랑 나란히 붙여놓아야 해, 그는 생각했다. 물고기를 몇 바퀴 더 돌게 할 만큼 내게 힘이 남아 있지 않아. 아냐 충분히 남아 있어, 그는 자신에게 말했다. 넌 얼마든지 버틸 수 있어.

물고기가 다시 한 바퀴 돌았을 때 노인은 놈을 거의 잡을 뻔했다. 하지만 이번에도 물고기는 몸을 바로 세우더니 천천히 헤엄쳐 멀어져갔다.

물고기야, 네가 날 죽일 작정이구나, 노인은 생각했다. 하지만 너도 그럴 권리가 있지. 나의 형제여, 난 너보다 더 훌륭하고 아름답고 침착하고 고상한 존재를 결코 본 적이 없다. 자, 어서 와서 날 죽여라. 누가 누굴 죽이든 난 이제 상관없다.

자네 이제 정신이 혼미해지는군, 노인은 생각했다. 정신을 잃으면 안 돼. 정신 똑바로 차리고 사나이답게 이 고난을 어떻게

견뎌낼지 생각해. 아니면 물고기처럼 고통을 견디는 거라도, 노인은 생각했다.

"머리통아, 정신 차려." 자신도 거의 듣지 못할 만큼 작은 목소리로 노인은 말했다. "정신 차려."

물고기가 다시 두 바퀴나 더 돌았지만 상황은 여전히 똑같았다.

어떻게 해야 할지 모르겠군, 노인은 생각했다. 두 번 다 그는 정신이 아득해지며 쓰러질 뻔했다. 정말 모르겠군. 하지만 한 번 더 시도해보자.

노인은 한 번 더 시도했다. 그리고 물고기를 뒤집었을 때 정신이 아득해지는 걸 느꼈다. 물고기는 몸을 바로 세우고는 물 밖으로 삐져나온 커다란 꼬리를 좌우로 휘저으며 다시 천천히 헤엄쳐가버렸다.

다시 한 번 시도해보겠어, 노인은 다짐했다. 그러나 두 손은 이제 힘이 빠져 흐물거렸고, 눈도 가물가물해서 겨우 순간순간 앞이 보이곤 할 뿐이었다.

다시 한 번 시도했지만 역시 마찬가지였다. 한 번 더 해보겠어, 노인은 생각했다. 하지만 시작하기도 전에 정신이 아득해졌다.

노인은 모든 고통과 마지막 남은 힘과 오랫동안 잊고 지냈던 먼 옛날의 자존심을 전부 끌어모아 물고기의 고통과 맞서게 했다. 물고기는 다가오며 옆으로 뒤집어졌다. 그러고는 옆으로 누

운 채 가만히 헤엄치며 주둥이가 뱃전에 거의 닿을 정도로 가까이 왔다가 배 옆을 지나치기 시작했다. 길고 넓고 거대한 은빛 몸이, 보랏빛 줄무늬를 드러낸 채 물속을 한없이 지나갔다.

노인은 낚싯줄을 내려놓고 발로 밟아 눌렀다. 그리고 작살을 할 수 있는 한 높이 쳐들었다. 그러고는 있는 힘껏, 아니 없는 힘까지 모두 짜내어, 노인의 가슴 높이만큼이나 높이 물 밖으로 솟아 있는 거대한 가슴지느러미 바로 뒤 옆구리에다 작살을 쑤셔박았다. 쇠끝이 살 속을 뚫고 들어가는 감촉이 느껴졌다. 그는 작살에 몸을 기대고 좀더 깊이 쑤셔넣었다. 그런 다음 다시 온몸의 무게를 실어 작살을 깊숙이 박아 넣었다.

그러자 물고기는 죽음을 몸에 담은 채 마지막 활기를 짜내어 자신의 엄청난 길이와 넓이, 그리고 굉장한 힘과 아름다움, 그 모든 것을 한껏 드러내면서 수면 위로 높이 솟구쳐올랐다. 물고기는 한순간 배에 탄 노인의 머리 위 허공에 매달려 있는 것처럼 보였다. 그러더니 이내 물속으로 철썩 떨어지며 노인과 배 위에 물보라를 온통 뒤집어씌웠다.

노인은 현기증이 나며 토할 것 같았고 눈도 제대로 보이지 않았다. 하지만 그는 작살 줄을 엉키지 않게 잘 수습해, 껍질이 벗겨진 두 손 사이로 천천히 풀어주었다. 겨우 눈앞이 보일 때 그는 물고기가 은빛 배를 드러낸 채 누워 있는 모습을 보았다. 작살 자루가 물고기의 어깨 쪽에 비스듬히 꽂힌 채 삐죽 나와 있었고 바다는 물고기의 심장에서 흘러나온 피로 붉게 물들

고 있었다. 피는, 처음에는 수심이 천오백 미터도 넘는 푸른 바닷속의 물고기 떼처럼 검게 보였다. 그러더니 이내 구름처럼 붉게 퍼져나갔다. 물고기는 조용히 은빛으로 반짝이며 물결에 둥둥 떠 있었다.

노인은 눈이 제대로 보이는 짧은 순간에 주의 깊게 물고기를 살폈다. 그런 뒤에 작살 줄을 뱃머리 말뚝에 두 번 감아놓고는 머리를 숙여 두 손으로 감쌌다.

"정신 차려야 해," 그는 뱃머리의 판자에 기댄 채 말했다. "난 지쳐빠진 늙은이야. 하지만 내 형제인 저 물고기를 죽였고, 이제부터 고된 잡일을 해야만 해."

이제 저놈을 배 옆에다 길게 묶어둘 올가미와 밧줄을 준비해야 해, 노인은 생각했다. 설혹 사람이 두 명 있어서 배를 수면까지 잠기게 해놓고 놈을 실은 뒤 물을 퍼내어 배를 다시 떠오르게 한다 해도 이 배는 저놈을 결코 지탱할 수 없을 거야. 혼자 모든 걸 준비한 뒤에 놈을 끌어당겨 배 옆에 잘 묶어야 해. 그리고 돛대를 세운 다음 집으로 돌아갈 돛을 달아야 해.

노인은 물고기를 뱃전에 나란히 붙여놓기 위해 끌어당기기 시작했다. 밧줄을 아가미 쪽에 넣고 주둥이 쪽으로 빼서 대가리를 뱃머리 옆에다 꽉 붙들어 매기 위해서였다. 놈을 자세히 보고 싶어, 노인은 생각했다. 손으로 만지며 느껴보고도 싶군. 놈은 내 큰 재산이야, 그는 생각했다. 하지만 그런 이유로 놈을 느껴보고 싶은 건 아냐. 놈의 심장은 아까 느껴본 것도 같아, 그는

생각했다. 작살 자루를 두번째로 꽉 눌러 박을 때였지. 자, 놈을 끌어당겨서 머리를 붙들어 맨 다음 꼬리랑 몸통 중간에 올가미를 씌워 배에 단단히 동여매놓자.

"자, 일을 시작하세, 늙은이." 그는 아주 적은 양의 물을 한 모금 마셨다. "싸움이 끝났으니 이젠 고된 잡일이 아주 많아."

노인은 하늘을 한 번 쳐다본 다음 물고기 쪽을 바라보았다. 그리고 태양을 주의 깊게 살폈다. 정오를 넘긴 지 얼마 안 됐군, 그는 생각했다. 게다가 무역풍도 불고 있어. 낚싯줄은 이제 아무래도 상관없어. 집에 돌아가서 그 애와 함께 이어붙이면 되니까.

"자, 이리 오너라, 물고기야." 노인은 말했다. 하지만 물고기는 오지 않았다. 물고기는 바다 위에 저만치 떠서 둥실둥실 드러누워만 있었다. 노인은 배를 저어 물고기한테 다가갔다.

물고기 머리를 뱃머리에 끌어다놓고 나란히 떠 있게 되었을 때 노인은 그 엄청난 크기에 놀라 두 눈을 의심할 정도였다. 그는 뱃머리 말뚝에서 작살 줄을 풀어, 그걸 아가미에 넣고 아래턱 쪽으로 뺀 다음 뾰족한 긴 주둥이에 한 번 감았다. 그러고는 그걸 다시 다른 쪽 아가미로 넣어 빼낸 다음 주둥이에 또 한 번 감고는, 두 겹으로 겹쳐진 밧줄을 꽉 묶어 뱃머리 말뚝에다 단단히 붙들어 맸다. 그런 다음 노인은 밧줄을 끊어서 고물로 들고 가 꼬리에 올가미를 씌워 묶었다. 물고기는 자주색과 은빛이 섞인 원래 색깔에서 은빛으로 변했고, 줄무늬도 꼬리와 같은 연보랏빛을 띠었다. 줄무늬의 폭은 손가락을 쫙 편 어른 손보다도

더 넓었다. 물고기의 눈은 잠망경의 반사경처럼, 행렬 속의 성자^{聖者}의 눈처럼 아무 표정도 담겨 있지 않았다.

"다른 방법으론 놈을 죽일 수 없었어." 노인은 말했다. 물을 마신 후로 기운이 나고 좋아져서 그는 이제 정신을 잃지 않을 거라는 생각이 들었고 머리도 맑아졌다. 저 정도라면 칠백 킬로그램도 넘게 나가겠어, 노인은 생각했다. 어쩌면 훨씬 더 나갈지도 몰라. 내장 따위를 빼고 삼분의 이만 남는다 쳐도 그걸 킬로그램당 육십오 센트씩 받고 판다면?

"계산하려면 연필이 있어야겠어." 노인은 말했다. "정신이 그 정도로 맑지는 않아. 하지만 위대한 디마지오도 오늘만큼은 나를 자랑스럽게 여길 거야. 난 발뒤꿈치에 뼈돌기 같은 건 없지만 두 손이랑 등은 정말 아팠으니까." 뼈돌기란 게 과연 어떤 건지 궁금하군, 노인은 생각했다. 어쩌면 우리에게도 그런 게 있는데 그저 모르고 지낼 뿐인지도 모르지.

노인은 물고기를 뱃머리와 고물과 배 중간 가로장에다 단단히 묶어두었다. 물고기가 너무 커서 마치 훨씬 커다란 배 하나를 나란히 비끄러매놓은 것 같았다. 노인은 밧줄을 약간 잘라내어 물고기의 아래턱을 뾰족한 주둥이에 동여맸다. 물고기 입이 벌어지는 일 없이 배가 가능한 한 수월하게 잘 나아가도록 하기 위해서였다. 그런 다음 노인은 돛대를 세웠다. 누덕누덕 기운 돛이 위 활대* 구실을 하는 막대기와 아래 활대에 묶인 채 팽팽히 펼쳐졌고, 배가 움직이기 시작했다. 고물에 반쯤 누운

자세로 노인은 남서쪽을 향해 나아갔다.

나침반 없이도 노인은 남서쪽이 어느 쪽인지 알 수 있었다. 그저 무역풍이 부는 것을 느끼며 돛을 팽팽하게 펼치기만 하면 되었다. 가는 낚싯줄에 가짜 미끼라도 달아서 뭔가 먹을 것을 잡는 게 좋겠어. 그리고 수분 섭취를 위해 물을 좀 마셔야지. 하지만 노인은 가짜 미끼를 찾을 수 없었다. 정어리는 상해서 쓸 수 없었다. 그래서 그는 배 옆으로 지나가는 누런 멕시코 만 해초 한 무더기를 갈고리로 낚아 올려서 털어냈다. 그 안에 있던 작은 새우들이 배 바닥에 떨어졌다. 열두어 마리는 족히 넘었는데, 모래벼룩처럼 팔딱팔딱 뛰었다. 노인은 엄지와 집게손가락으로 새우 머리를 비틀어 떼고 껍질과 꼬리까지 꼭꼭 씹어서 다 먹었다. 아주 작은 새우지만 영양가가 많다는 것을 그는 알고 있었다. 게다가 맛도 좋았다.

물병에는 아직 두 모금 분량의 물이 남아 있었는데, 새우를 먹고 나서 노인은 반 모금 정도를 마셨다. 배는 커다란 짐을 실은 힘든 상황치고는 꽤 잘 나아가고 있었다. 노인은 키 손잡이를 겨드랑이에 끼고 방향을 잡았다. 그는 바로 옆에서 물고기를 볼 수 있었다. 이게 꿈이 아니라 정말로 일어난 일이라는 것은 자신의 두 손을 내려다보고 등을 고물에 대어보기만 해도 알 수 있었다. 물고기와의 싸움이 끝나갈 때쯤, 너무 힘들고 고통

---

* 펼쳐진 돛을 위나 아래에서 비끄러매는 긴 가로막대.

스러워서 한순간 이건 꿈일지도 모른다는 생각이 들기도 했다. 그리고 물고기가 솟아올랐다가 물속으로 떨어지기 전에 허공에 그대로 정지한 듯 매달려 있었을 때는 뭔가 엄청나게 기괴한 일이 벌어지고 있다는 확신이 들었고, 그래서 그 광경을 믿을 수 없었다. 더구나 그때는 눈도 잘 보이지 않았다. 지금은 여느 때만큼이나 잘 보이지만 말이다.

노인은 이제 물고기가 눈앞에 있다는 사실을 의심하지 않았다. 두 손과 등은 꿈이 아님을 확인해주었다. 손은 금세 나을 거야, 노인은 생각했다. 피를 깨끗하게 짜냈으니 짠 바닷물이 곧 아물게 해줄 거야. 거짓 없는 이 멕시코 만의 짙푸른 바닷물은 세상에서 가장 훌륭한 치료약이야. 내가 해야 할 일은 오직 정신을 똑바로 차리는 것뿐이야. 두 손은 제 할 일을 다 했고 배도 잘 나아가고 있어. 물고기도 입을 꽉 다물고 꼬리를 곧추세운 채 형제처럼 우리와 함께 잘 미끄러져가고 있어. 그러다가 노인은 정신이 약간 흐려지기 시작했다. 노인은 생각했다, 지금 놈이 나를 데려가는 건가, 아니면 내가 놈을 데려가는 건가? 내가 놈을 뒤에다 놓고 끌고 가고 있다면 그건 문제될 게 전혀 없어. 또 놈이 위엄을 모두 잃은 채 배에 실려 있다면 그 또한 문제될 게 전혀 없지. 하지만 지금 놈이랑 배는 나란히 묶인 채 둘이 함께 나아가고 있단 말이야. 그러다가 노인은 생각했다, 까짓것, 놈이 원한다면 놈이 날 데리고 가는 걸로 하지, 뭐. 내가 놈보다 나은 건 꾀가 많다는 것뿐이고, 또 그런다고 놈이 나한테 무슨

해를 끼치는 것도 아니니까 말이야.

　그들은 순조롭게 항해를 해나갔다. 노인은 두 손을 짠 바닷물에 담그며 정신을 똑바로 차리려고 애썼다. 뭉게구름이 높이 떠 있고 그 위로 새털구름도 꽤 많이 떠 있는 하늘을 보고 노인은 부드러운 무역풍이 밤새도록 불어오리란 걸 알았다. 노인은 꿈이 아님을 확인하기 위해 틈틈이 물고기를 바라보았다. 최초의 상어가 물고기에게 덤벼든 것은 한 시간 뒤였다.

　상어가 나타난 것은 우연이 아니었다. 물고기의 검은 피 구름이 서서히 가라앉으며 천오백 미터도 넘는 깊은 바닷속으로 퍼져나갔을 때 이미 상어는 물속 저 깊은 곳에서 올라오기 시작했던 것이다. 너무나 빨리 그리고 아무것도 돌아보지 않고 곧장 솟구쳐올라왔기 때문에 상어는 푸른 바닷물을 뚫고 햇빛 속으로 뛰쳐나오고 말았다. 그러고서 바다로 다시 떨어진 상어는 곧 피 냄새를 찾아냈고, 즉시 배와 물고기가 지나간 길을 뒤쫓기 시작했다.

　상어는 이따금 냄새를 놓치기도 했다. 하지만 곧 냄새를 다시 찾아냈거나 그 흔적을 포착했고, 그 즉시 맹렬하고 빠르게 배 뒤를 쫓아 헤엄쳤다. 놈은 아주 큰 청상아리였다. 바다의 그 어떤 고기 못지않게 빨리 헤엄칠 수 있는 놈으로, 아가리만 빼고는 몸 전체가 아름다운 녀석이었다. 황새치만큼이나 푸른 등에 배는 은색이며 껍질은 매끄럽고 멋있었다. 놈은 커다란 아가리만 빼고는 생김새가 황새치와 비슷했다. 놈은 지금 아가리를

꽉 다문 채, 높이 솟은 등지느러미를 흔들어대지도 않고 칼날처럼 바닷물을 가르며 수면 바로 밑에서 빠르게 헤엄치고 있었다. 닫힌 아가리의 두 겹으로 된 입술 안에는 여덟 줄의 이빨이 모두 안쪽으로 쏠린 채 나 있었다. 대부분의 상어가 가진 피라미드형의 보통 상어 이빨이 아니었다. 사람의 손가락을 매 발톱처럼 오그렸을 때 같은 모양을 하고 있었다. 그리고 거의 노인의 손가락만큼이나 길고 양쪽 끝은 면도날처럼 날카롭고 예리했다. 바닷속의 어떤 고기든 다 잡아먹고 살 수 있도록 만들어진 이 물고기는 너무나 빠르고 강한데다 무장도 잘되어 있어서 도무지 대적할 상대가 없었다. 바로 이 물고기가 지금 점점 선명해지는 피 냄새를 맡으며 바짝 속력을 올려 푸른 등지느러미로 물을 가르고 있었다.

다가오는 상어를 보았을 때 노인은 이놈이 두려움이라곤 조금도 없고 자기가 원하는 건 반드시 해치우고 마는 상어라는 것을 알았다. 노인은 작살을 준비하고 거기에 밧줄을 매면서 상어가 다가오는 것을 지켜보았다. 물고기를 배에 묶느라고 잘라 썼기 때문에 밧줄은 그만큼 짧았다.

노인의 정신은 이제 맑고 또렷했다. 그는 굳은 결의로 가득 차 있었지만 희망은 거의 품지 않았다. 이런 좋은 일은 오래가지 않아, 노인은 생각했다. 그는 그 커다란 물고기를 한 번 쳐다보고는 상어가 접근해오는 것을 지켜보았다. 차라리 꿈이었다면 좋았을걸, 노인은 생각했다. 놈이 공격하는 건 못 막겠지만

놈을 죽일 수는 있을지 몰라. 이놈의 덴투소*, 노인은 생각했다. 이 망할 놈의 자식.

상어는 고물 쪽으로 빠르게 다가왔다. 놈이 물고기에게 덤벼들 때 노인은 상어의 벌어진 아가리와 기괴하게 생긴 두 눈을 보았다. 그리고 놈이 앞으로 달려들며 물고기의 꼬리 바로 윗부분을 덮쳤을 때 철썩 하고 이빨이 살에 박히는 소리를 들었다. 놈의 대가리는 물 밖으로 나와 있었고 등도 뒤따라 나오고 있었다. 큰 물고기의 껍질과 살이 찢겨나가는 소리를 들으며 노인은 상어의 머리에, 두 눈을 연결하는 선과 코에서 등 쪽으로 뻗어나간 직선이 서로 교차하는 지점에 작살을 힘껏 내리꽂았다. 그런 선이 실제로 있는 건 아니었다. 다만 육중하고 날카로운 푸른 대가리와 커다란 두 눈과 사정없이 덤벼들고 물어뜯고 모든 걸 삼켜버리는 아가리가 있을 뿐이었다. 하지만 바로 그 지점이 상어의 뇌가 있는 자리였고 노인은 그곳을 찔렀던 것이다. 그는 피범벅이 된 짓무른 두 손으로 있는 힘껏 작살을 찔러 절반 넘게 푹 쑤셔넣었다. 희망을 버린 채, 하지만 굳은 결의와 더할 나위 없는 적의를 품고 찔렀다.

상어는 몸을 뒤집으며 한 바퀴 빙그르 돌았다. 노인은 놈의 눈에서 생기가 사라졌음을 알아차렸다. 상어는 다시 한 번 빙그르 돌며, 밧줄로 제 몸을 두 번이나 휘감았다. 노인은 놈이 죽었

---

* 스페인어로 큰 이빨을 가진 사나운 상어의 일종.

다는 것을 알았지만 상어는 자기 죽음을 받아들이려고 하지 않았다. 그러더니 상어는 몸이 뒤집어진 채 꼬리를 세차게 파닥거리고 턱을 덜거덕대면서 모터보트처럼 물살을 헤치며 힘들게 헤엄쳐갔다. 꼬리가 물을 후려친 자리마다 하얀 물거품이 일었고 상어의 몸통은 사분의 삼이나 물 밖으로 완전히 나와 있었다. 밧줄은 곧 팽팽해지더니 바르르 떨리다가 툭 끊어져버렸다. 상어는 잠시 수면에 가만히 떠 있었고 노인은 그 모습을 지켜보았다. 그러다가 상어는 아주 천천히 가라앉았다.

"놈이 족히 이십 킬로그램은 뜯어먹었어." 노인은 큰 소리로 말했다. 그리고 내 작살과 밧줄까지 몽땅 가져가버렸어, 그는 생각했다. 게다가 내 물고기한테서 또 피가 흐르고 있으니 다른 상어들이 몰려올 거야.

물고기의 일부가 뜯겨나가자 노인은 물고기를 더는 쳐다보기 싫었다. 물고기가 물어뜯겼을 때 노인은 마치 자기 자신이 물어뜯긴 것처럼 느꼈다.

하지만 나는 내 물고기를 물어뜯은 상어 놈을 죽였어, 노인은 생각했다. 게다가 놈은 내가 여태껏 본 덴투소 중에서 제일 큰 놈이었어. 하느님도 아시겠지만 난 큰 놈들을 많이 봤어.

오래가기에는 너무나 좋은 일이었어, 노인은 생각했다. 차라리 모든 게 다 꿈이라면, 내가 저 물고기를 낚은 일이 전혀 없던 일이고 그저 혼자 침대에 신문지를 깔고 누워 있는 거라면 좋을 텐데.

"하지만 인간은 패배하도록 만들어지지 않았어." 노인은 말했다. "사람은 파멸당할 수는 있을지언정 패배하진 않아." 그래도 이렇게 되고 보니 저 물고기를 죽인 게 후회스럽군, 노인은 생각했다. 이제 어려운 일들이 닥쳐올 텐데 작살조차 없으니. 덴투소는 잔인하고 싸움을 잘하고 강하며 영리한 놈들이야. 하지만 난 아까 그놈보다 더 영리했어. 아니, 어쩌면 그게 아닐지도 몰라, 그는 생각했다. 그저 내가 더 좋은 무기를 갖고 있었을 뿐인지도 몰라.

"이보게, 늙은이, 생각일랑 집어치우게." 노인은 큰 소리로 말했다. "이대로 항해나 계속하게. 그러다 일이 닥치면 그때 맞서 싸워."

하지만 난 생각을 해야만 해, 노인은 생각했다. 왜냐하면 나에게 남은 건 그것밖에 없거든. 야구를 빼곤 말이야. 덴투소 놈의 뇌를 찌른 내 솜씨를 위대한 디마지오가 봤다면 어떻게 말할지 궁금하군. 그리 대단한 건 아니었어, 노인은 생각했다. 누구나 그 정도는 할 수 있을 테니까. 하지만 내 두 손의 상처가 발뒤꿈치 뼈돌기만큼 커다란 장애였다고 생각하지 않아? 글쎄, 모르겠군. 가오리한테 찔렸을 때 말고는 발뒤꿈치에 문제가 생긴 적이 한 번도 없었으니까. 수영하다 놈을 밟는 바람에 찔렸는데, 무릎까지 마비되고 정말 참을 수 없는 고통이었지.

"이보게, 늙은이, 뭔가 즐거운 걸 좀 생각해보게." 노인은 말했다. "자넨 지금 시시각각 집에 가까워지고 있어. 또 짐이 이십

킬로그램이나 줄어서 그만큼 더 가벼워졌어."

노인은 배가 해류의 안쪽에 이르게 되면 무슨 일이 일어날지 아주 잘 알고 있었다. 하지만 지금으로선 할 수 있는 일이 아무것도 없었다.

"아냐, 있어." 노인은 큰 소리로 말했다. "노 끝머리에다 칼을 묶어 달 수 있잖아."

그는 키 손잡이를 겨드랑이에 끼고 발로 아딧줄*을 밟고서 칼을 노에 묶었다.

"자," 그는 말했다. "난 여전히 늙은이에 불과하지만 무기가 없진 않아."

바람은 선선하게 불었고 배는 계속해서 잘 나아갔다. 노인은 물고기의 앞부분만 바라보았다. 희망이 조금 되살아났다.

희망을 버리는 건 어리석은 짓이야, 노인은 생각했다. 뿐만 아니라 난 그건 죄악이라고 믿어. 죄악 같은 것에 대해선 생각하지 말자, 그는 생각했다. 죄 말고도 지금은 문젯거리가 충분하니까. 게다가 나는 죄가 뭔지도 아는 게 없잖아.

죄에 대해 난 아무것도 아는 게 없어. 더구나 죄라는 걸 내가 믿는지조차 확신할 수 없어. 저 물고기를 죽인 건 어쩌면 죄였는지도 몰라. 비록 내가 살아남기 위해서, 그리고 많은 사람을 먹이기 위해서 그랬다 하더라도 그건 죄가 아닌가 싶어. 하지만 그

---

* 풍향에 따라 돛의 방향을 조절하는 밧줄.

렇게 따지면 모든 게 죄가 되잖아. 죄에 대해선 생각하지 말자. 그러기엔 이미 너무 늦었고 또 죄에 대해 생각하라고 돈을 받는 사람들이 따로 있으니까. 그 사람들더러 생각하라고 하자. 물고기가 물고기로 태어난 것처럼 나도 어부로 태어났을 뿐이야. 성 베드로도 어부였지. 위대한 디마지오의 아버지처럼 말이야.

하지만 노인은 그게 뭐가 됐든 자신이 관련된 것이면 생각해보는 걸 좋아했다. 읽을거리가 전혀 없고 라디오도 없었던지라, 그는 이런저런 생각을 많이 하게 되었고, 그래서 죄에 대해서도 계속 생각했다. 네가 저 물고기를 죽인 건 단지 살아남기 위해서, 그리고 먹을거리로 팔기 위해서만이 아니었어, 노인은 생각했다. 넌 자존심을 위해서 그리고 어부이기 때문에 저 물고기를 죽였어. 넌 물고기가 살아 있을 때 녀석을 사랑했고 또 죽은 뒤에도 사랑했어. 네가 녀석을 사랑한다면 죽이는 건 죄가 아냐. 아니, 오히려 죄보다 더한 것이 되나?

"이보게, 늙은이, 자넨 생각이 너무 많아." 노인은 큰 소리로 말했다.

하지만 넌 저 덴투소 놈을 죽이는 걸 즐거워했어, 노인은 생각했다. 그놈도 너처럼 살아 있는 물고기를 먹고 살지. 썩은 고기를 주워 먹는 놈도 아니고 다른 상어들처럼 단지 움직이는 식욕의 화신에 불과한 놈도 아니야. 아름답고 고상하며 두려움이라곤 전혀 모르는 놈이지.

"그놈을 죽인 건 정당방위였어." 노인은 큰 소리로 말했다.

"그리고 훌륭하게 죽였어."

　게다가 세상의 모든 것은 어떤 식으로든 뭔가를 죽이게끔 되어 있어, 노인은 생각했다. 고기잡이는 나를 살아가게 해주는 일이면서 날 죽이는 일이기도 하잖아. 아냐, 날 살아가게 해주는 건 그 애야, 노인은 생각했다. 나 자신을 너무 속여선 안 되지.

　노인은 뱃전 너머로 몸을 기울여 상어가 물어뜯은 자리에서 물고기의 살점을 한 조각 떼어냈다. 그러고는 그걸 입에 넣고 씹으며 고기의 질과 좋은 맛을 음미했다. 뭍짐승의 고기처럼 쫄깃쫄깃하면서도 즙이 많았지만 색깔이 붉지는 않았다. 힘줄 같은 것도 전혀 없어서 시장에서 최고의 값을 받으리라는 걸 노인은 알았다. 하지만 피 냄새가 물속에 퍼지지 않게 할 방법은 없었다. 노인은 아주 힘든 시간이 닥쳐오고 있다는 것을 알았다.

　바람은 변함없이 부드럽게 계속 불었다. 바람의 방향이 좀더 북동쪽으로 틀어졌는데, 그건 바람이 약해지지 않는다는 의미였고 노인도 그걸 알았다. 노인은 앞을 내다보았다. 하지만 다른 배의 돛이나 선체는 전혀 보이지 않았다. 배에서 피어오르는 연기 같은 것도 보이지 않았다. 그저 뱃머리 앞에서 뛰어올라 이쪽저쪽으로 날아가는 날치들과 누런 멕시코 만 해초 더미들이 보일 뿐이었다. 새 한 마리도 보이지 않았다.

　고물에 기대어 쉬면서 이따금 청새치의 살점을 씹으며 노인은 휴식을 취하고 기운을 차리려고 애썼고, 그렇게 두 시간가량 항해해나갔다. 그때 다가오는 두 마리의 상어 중에 앞엣놈을 노

인은 보았다.

"아아!" 노인은 큰 소리로 외쳤다. 이 말은 뭐라고 다른 말로 옮기는 것이 불가능하다. 그것은 그냥 하나의 소리로, 못이 자신의 손바닥을 뚫고 나무에 박힐 때 자기도 모르게 내지르는 소리가 아마 그런 소리일 것이다.

"갈라노* 녀석들이군." 노인은 큰 소리로 말했다. 첫번째 놈 바로 뒤를 따라오는 두번째 상어의 등지느러미가 곧 보였는데, 갈색 삼각형 지느러미와 크게 휩쓸어대는 꼬리 움직임을 보고 노인은 놈들이 삽날코 상어**라는 걸 알아차렸던 것이다. 놈들은 피 냄새를 맡고 흥분해 있었다. 너무 배가 고파 판단력을 잃고 흥분한 상태에서 그들은 피 냄새를 놓쳤다 맡았다 했다. 놈들은 그러면서도 줄곧 가까워지고 있었다.

노인은 아딧줄을 단단히 묶어놓고 키 손잡이를 고정시켰다. 그런 다음 칼을 비끄러맨 노를 집어들었다. 가능한 한 가볍게 쥐고 들어올렸다. 통증 때문에 두 손을 마음대로 꽉 쥘 수 없었기 때문이다. 그러고는 노를 잡은 두 손을 각각 가볍게 폈다 쥐었다 하면서 손이 뻣뻣해지지 않게 했다. 노인은 손이 더이상 움찔하지 않고 고통을 견디도록 양손으로 노를 단번에 꽉 움켜쥐고는 상어들이 다가오는 모습을 지켜보았다. 이제 넓적하고

---

* 스페인어로 상어의 일종을 지칭함.

** 흔히 귀상어(shovel-head shark)와 혼동하여 잘못 번역되는 삽날코 상어 (shovel-nosed shark)는 여기서 흉포한 대형 상어인 '장완흉상어'를 가리킴.

편편하고 삽날처럼 생긴 대가리와 넓적하고 끝이 하얀 가슴지느러미를 볼 수 있었다. 혐오스러운 상어들이었다. 고약한 냄새를 풍겼고, 산 고기뿐만 아니라 썩은 고기도 먹어치우는 놈들이었다. 배가 고플 땐 노나 키까지도 마구 물어뜯는 놈들이었다. 바다거북이 수면에 떠서 자고 있을 때 발과 다리를 뜯어먹곤 하는 것도 바로 이놈들이었다. 놈들은 배가 고프면 물속에 있는 사람까지 공격하는데, 그 사람 몸에서 물고기의 피 냄새나 비린내가 전혀 나지 않을지라도 그랬다.

"아아!" 노인은 말했다. "이 갈라노 놈들. 어서 덤벼라, 이 갈라노 놈들아."

놈들이 덤벼들었다. 하지만 아까 그 청상아리와는 다른 방식으로 덤벼들었다. 한 놈이 몸을 쓱 돌리더니 배 밑으로 들어가 사라졌다. 곧 놈이 달려들어 물고기를 홱 물어뜯을 때 노인은 배가 흔들리는 것을 느낄 수 있었다. 다른 한 놈은 가늘게 찢어진 노란 눈으로 노인을 살폈다. 그러더니 반원형의 아가리를 크게 벌리며 날쌔게 물고기에게 달려들어 아까 물어뜯겼던 자리를 다시 물었다. 놈의 갈색 머리와 등의 맨 꼭대기에 뇌가 척수와 만나는 선이 뚜렷하게 보였다. 노인은 노 끝에 달린 칼을 그 교차 지점에다 쑤셔박았다. 그러고는 그걸 다시 잡아 빼서 이번엔 고양이 눈 같은 놈의 노란 눈에다가 다시 쑤셔박았다. 상어는 물고기를 놓고는 스르르 떨어져나갔고, 입 안에 든 살점을 삼키면서 죽어갔다.

다른 한 놈이 배 밑에서 물고기를 뜯어먹고 있었으므로 배는 아직 흔들렸다. 노인은 아딧줄을 풀어 배를 옆으로 돌려 상어가 밑에서 나오게 했다. 상어가 보이자 노인은 뱃전 너머로 몸을 기울여 놈을 향해 칼날을 내리꽂았다. 급소를 놓치고 살만 찔렀는데, 살가죽이 단단하게 죄어들어 칼날이 거의 들어가지 않았다. 반작용의 강한 충격으로 두 손뿐만 아니라 어깨까지 아팠다. 하지만 상어는 곧장 수면으로 올라와 대가리를 내밀었다. 놈이 코를 물 밖으로 드러내놓고 물고기를 물었을 때 노인은 놈의 편편한 대가리 윗면 한가운데를 정통으로 찔렀다. 그러고는 칼날을 잡아뺐다가 다시 똑같은 자리에 내리꽂았다. 놈은 여전히 물고기 살에 아가리를 박은 채 물고 늘어졌다. 노인은 이번엔 상어의 왼쪽 눈을 찔렀다. 놈은 여전히 물고기를 물고 늘어졌다.

"아직도?" 노인은 이렇게 말하며 칼날을 척추골과 뇌 사이에 내리꽂았다. 이번엔 칼날이 쉽게 들어갔고 노인은 갈라지는 연골을 느꼈다. 노인은 노를 거꾸로 잡고 상어의 아가리를 벌리기 위해 노깃을 이빨 사이로 밀어넣었다. 노를 비틀어 돌리자 상어는 스르르 떨어져나갔다. 노인은 말했다. "어서 꺼져라, 이 갈라노 놈아. 천오백 미터도 넘는 깊은 바닷속으로 가라앉아버려라. 가서 죽은 네 친구 놈이나 만나. 네 어미인지도 모르겠다만."

노인은 칼날을 닦고 노를 내려놓았다. 그런 다음 아딧줄을 다시 잡고는 돛에 바람이 가득 차게 했다. 배는 곧 본래 가던 방향

을 되찾았다.

"놈들이 뜯어간 게 틀림없이 물고기의 사분의 일은 될 거야, 그것도 제일 좋은 부위로 말이야." 노인은 큰 소리로 말했다. "이게 다 꿈이라면, 그래서 내가 저 물고기를 낚은 일이 아예 없었던 일이라면 얼마나 좋을까. 미안하구나, 물고기야. 애당초 너를 낚은 게 잘못이었어." 노인은 말을 멈췄다. 그는 이제 물고기를 바라보고 싶지 않았다. 피가 빠져나가고 파도에 씻긴 물고기는 거울 뒷면 같은 은색으로 변해 있었다. 줄무늬는 아직 그대로 보였다.

"이렇게 멀리까지 나오질 말았어야 했다, 물고기야." 노인은 말했다. "너를 위해서나 나를 위해서나 나오질 말았어야 했어. 미안하구나, 물고기야."

자 이제, 노인은 자신에게 말했다. 칼을 묶은 줄을 살펴보고 혹 끊어진 데가 없는지 확인해보자. 그런 뒤에 손도 좀 회복시켜놓아야 해, 앞으로 더 많은 놈들이 몰려올 테니까 말이야.

"칼을 갈 숫돌이 있으면 좋을 텐데." 노인은 노 끝머리에 칼을 묶은 줄을 점검하고 나서 말했다.

"숫돌을 갖고 왔어야 했어." 갖고 왔어야 하는 게 한두 가지가 아니야, 노인은 생각했다. 하지만 이보게 늙은이, 자넨 이미 그것들을 갖고 오지 않았어. 지금은 없는 걸 생각할 때가 아니야. 있는 걸로 뭘 할 수 있을지 그거나 생각하도록 해.

"자넨 좋은 충고를 참 많이도 해주는군." 노인은 큰 소리로 말

했다. "이젠 그것도 지겹네."

노인은 키 손잡이를 겨드랑이에 끼고는 배가 앞으로 나아가는 그대로 양손을 물에 담가놓고 있었다.

"마지막 놈이 얼마나 많이 뜯어먹었는지 하느님만이 정확히 아시겠지만 배가 확실히 가벼워졌군." 노인은 말했다. 그는 물어뜯긴 물고기의 아랫부분에 대해 생각하고 싶지 않았다. 상어가 쾅쾅 부딪쳐올 때마다 물고기 살이 뜯겨져나갔다는 걸 잘 알고 있었다. 그리고 물고기가 이제 큰 도로만큼이나 넓은 흔적을 바다에 남겨놓아 온갖 상어들이 몰려오리라는 것도 잘 알고 있었다.

사람 하나를 겨우내 먹여 살릴 수 있는 물고기였는데, 노인은 생각했다. 아냐, 그런 건 생각하지 말자. 그저 쉬면서 손이나 잘 회복시켜 남아 있는 거라도 지켜내도록 하자. 지금 내 손에서 흐르는 피 냄새는 바다에 온통 퍼진 물고기 피 냄새에 비하면 아무것도 아니야. 게다가 손에서 피가 많이 나지도 않아. 이렇다 할 심한 상처도 하나 없고. 피를 흘렸으니 왼손은 더이상 쥐가 나지 않을 거야.

이제 또 무슨 생각을 할 수 있을까? 노인은 생각했다. 아무것도 없어. 그저 아무 생각도 하지 말고 다음에 올 상어들이나 기다리자. 이 모든 게 정말 꿈이라면 얼마나 좋을까, 노인은 생각했다. 하지만 혹시 알아, 결국 좋게 끝나게 될지?

다음에 나타난 상어 역시 삽날코 상어였는데 이번에는 한 마

리뿐이었다. 놈은 꼭 여물통에 덤벼드는 돼지처럼 달려들었다. 사람 머리가 들어갈 만큼 커다란 아가리를 가진 돼지가 있다면 말이다. 노인은 일단 놈이 물고기를 덮치게 내버려두었다. 그런 다음 노 끝에 묶은 칼날을 놈의 뇌에 내리꽂았다. 하지만 상어가 뒤로 홱 움직이며 몸을 뒤집는 바람에 칼날이 뚝 부러지고 말았다.

노인은 자세를 바로잡고 키를 조종하기 시작했다. 커다란 상어가 물속으로 서서히 가라앉는 것을 그는 아예 바라보지도 않았다. 처음에 전신이 길게 드러났다가 점점 작아지며 마침내 아주 조그맣게 되어 사라지는 그 광경은 노인을 언제나 황홀하게 했다. 하지만 지금은 그것을 거들떠보지도 않았다.

"아직 갈고리가 남아 있어." 노인은 말했다. "하지만 별 도움이 안 될 거야. 노 두 자루와 키 손잡이, 그리고 짧은 몽둥이도 아직 있어."

이제 놈들한테 내가 진 셈이군, 노인은 생각했다. 몽둥이로 상어를 때려죽이기엔 난 너무 늙었어. 하지만 노와 몽둥이와 키 손잡이가 있는 한 끝까지 해볼 거야.

노인은 두 손을 다시 바닷물에 담가서 적셨다. 늦은 오후로 넘어가고 있었다. 아직 바다와 하늘밖에는 아무것도 보이지 않았다. 하늘에는 바람이 이전보다 좀더 세게 불었다. 노인은 곧 육지가 보이리라는 희망을 품었다.

"이보게 늙은이, 자네 지쳤어." 그는 말했다. "마음속까지 다

지쳤어."

상어들이 다시 공격해온 것은 해가 넘어가기 바로 직전이었다.

노인은 물고기가 바다에 남긴 넓은 흔적을 따라 갈색 지느러미들이 다가오는 것을 보았다. 놈들은 냄새를 찾아 이리저리 헤매지도 않고, 머리를 배 쪽으로 똑바로 향한 채 나란히 헤엄쳐오고 있었다.

노인은 키 손잡이를 고정시키고 아딧줄을 묶어 맨 다음 고물 밑으로 손을 뻗어 몽둥이를 찾아 들었다. 부러진 노의 손잡이를 톱으로 잘라서 만든 몽둥이로 길이는 대략 칠십오 센티미터쯤 되었다. 손잡이 부분 생김새와 크기 때문에 한 손으로만 효과적으로 쥐고 사용할 수 있는 몽둥이였다. 노인은 손가락 관절을 천천히 구부려 오른손으로 몽둥이를 단단히 쥐고 다가오는 상어를 지켜보았다. 두 마리의 갈라노 상어였다.

첫번째 놈이 달려들어 한입 크게 물 때까지 기다렸다가 놈의 코끝이나 대가리 맨 윗부분을 정통으로 후려갈겨야 해, 노인은 생각했다.

두 마리의 상어는 함께 접근했다. 가까운 쪽에 있는 놈이 아가리를 벌리고 물고기의 은색 옆구리에 머리를 처박는 것을 보았을 때 노인은 몽둥이를 높이 치켜들었다가 힘껏 내리쳐 놈의 넓적한 대가리 맨 위를 후려갈겼다. 몽둥이가 닿는 순간 단단한 고무질의 탄력성이 느껴졌다. 그러나 뼈의 딱딱함 또한 느껴졌

다. 노인은 상어가 물고기에게서 스르르 떨어져나갈 때, 한 번 더 몽둥이를 휘둘러 놈의 코끝을 세차게 후려쳤다.

그동안 다른 상어는 들락날락하다가 이제 다시 아가리를 크게 벌린 채 달려들고 있었다. 놈이 물고기를 덮치며 아가리를 꽉 다물었을 때 노인은 놈의 아가리 한구석에서 삐져나온 물고기 살점을 보았다. 노인은 놈을 향해 몽둥이를 휘둘렀으나 대가리만 퍽 쳤을 뿐이었다. 상어는 노인을 한 번 쳐다보더니 물고 있던 고기 조각을 그대로 비틀어 뜯어냈다. 놈이 그걸 삼키려고 물고기에게서 떨어져나갈 때 노인은 다시 한 번 몽둥이를 휘둘러 놈을 내리쳤지만 무겁고 단단한 고무질의 살덩어리만 때렸을 뿐이었다.

"덤벼라, 이 갈라노 놈아." 노인은 말했다. "어서 한 번 더 달려들어봐라."

상어는 돌진하듯 달려들었고 놈이 아가리를 다물었을 때 노인은 몽둥이를 내리쳤다. 최대한 높이 쳐들었다가 힘껏 내리쳤다. 이번에는 뇌 뒷부분 뼈와 부딪치는 것이 느껴졌다. 노인은 똑같은 자리를 다시 한 번 내리쳤고 그러는 사이 상어는 물고 있던 살을 천천히 뜯어내고는 물고기에게서 떨어져나갔다.

노인은 놈이 다시 오기를 기다리며 살폈지만 두 놈 다 나타나지 않았다. 그러다가 한 놈이 수면 위로 올라와 원을 그리며 헤엄치는 모습이 보였다. 나머지 한 놈은 지느러미도 보이지 않았다.

놈들을 죽일 수 있을 거란 기대는 안 했어, 노인은 생각했다. 젊었을 때라면 또 모르지만. 하지만 두 놈 모두한테 심한 상처를 입혔으니 둘 다 그리 온전하진 못할 거야. 두 손으로 몽둥이를 사용할 수 있었다면 첫번째 놈은 틀림없이 죽였을 텐데. 이렇게 늙었어도 말이야, 노인은 생각했다.

그는 물고기를 보고 싶지 않았다. 절반이나 뜯겨져나간 것을 알고 있었다. 상어들과 싸우는 동안 해는 져서 보이지 않았다.

"금세 어두워질 테지." 노인은 말했다. "그러면 아바나의 붉은 불빛이 보일 거야. 혹시 동쪽으로 너무 멀리 나와 있다면 새로 생긴 다른 해변의 불빛이 보일 테고."

이젠 집까지 그리 멀지 않을 거야, 노인은 생각했다. 나를 크게 걱정하는 사람이 아무도 없으면 좋겠는데. 물론 걱정할 사람은 그 애밖에 없겠지만. 하지만 그 앤 틀림없이 날 믿고 있을 거야. 그래도 나이 든 어부들 중엔 걱정하는 사람들이 꽤 있겠지. 다른 사람들 역시 많이 걱정하고 있을 거야, 노인은 생각했다. 난 좋은 마을에 살고 있어.

노인은 물고기에게 더이상 말을 걸 수 없었다. 물고기가 너무나 심하게 망가졌기 때문이었다. 그러다가 문득 어떤 생각이 떠올랐다.

"반쪽짜리 물고기야," 노인은 말했다. "물고기였던 물고기야. 내가 너무 멀리 나온 게 후회스럽구나. 내가 우리 둘 다 망쳐버렸어. 하지만 너와 난 함께 많은 상어를 죽이거나 박살내버렸

지. 이봐 물고기, 넌 이제까지 얼마나 죽였니? 네 머리의 창 같은 그 주둥이는 괜히 달고 있는 건 아닐 테니 말이야."

노인은 물고기에 대해, 그리고 물고기가 자유로이 헤엄칠 수 있다면 상어를 어떻게 상대했을까 생각하는 일이 즐거웠다. 물고기 주둥이를 잘라서 그걸로 상어 놈들과 싸울걸 그랬군, 노인은 생각했다. 하지만 손도끼도 없었고 또 칼도 없었다.

하지만 그런 게 있었다면, 그래서 물고기 주둥이를 노 끝머리에다 매달 수 있었다면, 그 얼마나 훌륭한 무기가 되었을까? 그랬다면 물고기랑 내가 둘이서 함께 상어 놈들과 싸우는 셈이었을 텐데. 그런데 상어들이 밤중에 달려들면 이제 어떻게 하지? 뭘 어떻게 한다?

"싸우는 거지, 뭐." 노인은 말했다. "죽을 때까지 싸우는 거야."

하지만 어둠 속에서 아무런 불빛도 보이지 않고 오직 변함없이 팽팽한 돛과 바람만이 느껴지는 지금, 노인은 자신이 혹시 이미 죽은 게 아닌가 하는 느낌에 사로잡혔다. 그는 두 손을 모아 손바닥을 마주 대고 느껴봤다. 그것들은 죽지 않았다. 단순히 두 손을 폈다 오므렸다만 해도 살아 있다는 고통을 느낄 수 있었다. 이번엔 등을 고물에 기대보았다. 자신이 죽지 않았음을 역시 알 수 있었다. 양어깨가 그 사실을 말해주었다.

물고기를 잡으면 외우겠다고 약속한 기도문이 있었지, 노인은 생각했다. 하지만 지금은 너무 지쳐서 외울 수 없어. 부대를

찾아 어깨를 덮는 게 좋겠군.

노인은 고물에 누워서 키를 조종하며 아바나의 붉은 불빛이 하늘에 비치지나 않는지 살폈다. 물고기가 아직 반은 남아 있어, 그는 생각했다. 어쩌면 운 좋게 앞쪽의 그 반을 갖고 돌아갈 수 있을지도 몰라. 행운만 좀 따라주면 돼. 아냐, 노인은 말했다. 네가 너무 멀리 나왔을 때 넌 이미 행운을 저버린 거였어.

"어리석은 생각은 그만해." 노인은 큰 소리로 말했다. "정신 똑바로 차리고 키나 잘 조종해. 아직 너한텐 행운이 꽤 남아 있을지도 몰라."

"행운을 파는 곳이 있다면 좀 샀으면 싶군." 노인은 말했다.

그런데 무엇으로 사지? 노인은 자신에게 물었다. 잃어버린 작살과 부러진 칼과 망가진 두 손으로 살 수 있을까?

"혹시 살 수 있을지도 몰라." 노인은 말했다. "바다에서 팔십 사 일 허탕 친 것으로도 행운을 사려고 했잖아. 그리고 거의 살 뻔했잖아."

쓸데없는 생각은 하지 말자, 노인은 생각했다. 행운이란 여러 가지 모습으로 찾아오는데 누가 그걸 알아볼 수 있단 말인가. 그래도 어떤 모습의 행운이든 좀 얻고 싶군, 대가를 치르고라도 말이야. 아바나에서 비치는 붉은 불빛이 좀 보였으면 좋겠는데, 노인은 생각했다. 나는 바라는 게 너무 많아. 하지만 내가 지금 당장 바라는 건 그 불빛이야. 노인은 좀더 편하게 키를 조종할 수 있도록 자세를 바꾸려고 했다. 몸에 느껴지는 고통을 통해

그는 자신이 죽지 않았음을 알았다.

밤 열시쯤 되었으리라 생각되는 시각에 노인은 하늘에 선명하게 반사된 아바나의 불빛을 보았다. 처음에는 달이 뜨기 전 하늘에 나타나는 희미한 빛처럼 겨우 알아볼 수 있는 정도였다. 그러더니 이제는 점점 강하게 부는 바람 탓에 꽤 거칠어진 바다 너머로 확실하게 보였다. 노인은 배의 방향이 불빛의 영역을 벗어나지 않도록 키를 조종했다. 이제, 곧, 멕시코 만류의 가장자리에 틀림없이 들어가게 되겠지, 그는 생각했다.

이젠 끝장이야, 노인은 생각했다. 분명 상어들이 다시 공격해올 거야. 하지만 무기도 없이 어둠 속에서 놈들과 뭘 어떻게 싸울 수 있겠어?

노인은 이제 온몸이 뻣뻣하고 쑤시고 아팠다. 상처 난 곳과 무리하게 힘을 썼던 부분들이 모두 차가운 밤공기에 닿아 아팠다. 또다시 싸우고 싶지 않아, 노인은 생각했다. 정말이지 또다시 싸우지 않았으면 좋겠어.

하지만 한밤중이 되자 노인은 또 싸워야 했다. 이번엔 싸워봤자 소용없다는 걸 잘 알고 있었다. 상어는 떼 지어 몰려왔는데, 노인은 놈들의 지느러미가 물살을 가르며 그리는 선과 놈들이 물고기를 덮칠 때 내는 인광 빛만을 볼 수 있었다. 노인은 놈들의 대가리를 향해 몽둥이를 내리쳤다. 아가리가 살을 물며 덥석 닫히는 소리가 들려왔고 배 밑에서 달려드는 놈들 때문에 배가 쾅쾅거리며 흔들렸다. 노인은 소리와 느낌만을 좇아 필사적으

로 몽둥이를 내리쳤다. 무엇인가가 몽둥이를 잡아채는 걸 느꼈는데 다음 순간 몽둥이가 없어졌다.

노인은 키 손잡이를 키에서 홱 잡아뺐다. 그러고는 두 손으로 그걸 움켜쥐고 닥치는 대로 후려치고 내리찍고 하며 계속해서 휘둘러댔다. 하지만 놈들은 이제 뱃머리까지 다가와 한 놈씩 잇따라 또는 여러 놈이 함께 달려들어 물고기의 살을 물어뜯었다. 다시 달려들기 위해 놈들이 몸을 돌렸을 때 뜯긴 살 조각은 바닷물 속에서 허옇게 빛났다.

한 놈이 드디어 물고기의 머리를 노리고 달려들었다. 노인은 이제 끝장이라는 걸 알았다. 그는 키 손잡이로 상어의 대가리를 후려쳤다. 놈의 아가리는 잘 뜯기지 않는 물고기의 무거운 머리에 그대로 박혀 있었다. 노인은 한 번, 두 번, 세 번, 연거푸 후려쳤다. 키 손잡이가 부러지는 소리가 들렸다. 그러자 그는 부러진 손잡이 끝으로 상어를 찔렀다. 살을 뚫고 들어가는 게 느껴졌고, 손잡이 끝이 날카롭다는 사실을 안 그는 한 번 더 세게 쑤셔박았다. 상어는 물었던 것을 놓고 뒹굴며 떨어져나갔다. 몰려왔던 상어 떼 가운데 그놈이 맨 마지막 놈이었다. 놈들이 뜯어먹을 게 더이상 없었던 것이다.

노인은 거의 숨을 쉴 수 없을 지경이었는데, 입안에서 뭔가 이상한 맛이 느껴졌다. 구리 맛이 나고 달짝지근했다. 노인은 한순간 두려움에 사로잡혔다. 하지만 그 양이 별로 많지는 않았다.

노인은 입안에 고인 것을 바다에 뱉으며 말했다. "이것도 먹

어라, 이 갈라노 놈들아. 그리고 사람을 죽였다는 거짓 꿈이나 꾸거라."

노인은 자신이 이제 완전히 돌이킬 수 없게 패배했음을 알았다. 그는 고물로 돌아가서 들쭉날쭉 부러진 키 손잡이 끝을 살폈다. 손잡이는 배 방향을 조종할 수는 있을 만큼 키의 홈에 그런대로 끼워졌다. 노인은 부대를 어깨에 두르고 배를 원래 방향으로 되돌려놓았다. 배는 이제 가볍게 나아갔고 노인은 아무런 생각, 또 그 어떤 느낌도 없었다. 그는 이제 모든 것을 초월해 있었고 그저 집이 있는 항구에 돌아갈 수 있도록 가능한 한 요령 있게 배를 잘 몰 뿐이었다. 마치 식탁에 남은 빵부스러기를 주워먹으려는 사람마냥 밤중에도 상어들이 뼈뿐인 물고기를 또 공격해왔다. 노인은 이제 상어는 조금도 신경 쓰지 않았다. 키를 조종하는 일 말고는 그 어떤 것도 신경 쓰지 않았다. 그가 느끼는 것은 오로지, 옆에 달린 짐이 이제 전혀 무겁지 않게 된 배가 얼마나 가볍게 그리고 얼마나 잘 나아가는가 하는 것뿐이었다.

배는 아무 이상 없어, 노인은 생각했다. 키 손잡이를 빼면 손상된 곳 하나 없이 모두 온전해. 키 손잡이야 쉽게 바꿔 달 수 있지.

노인은 배가 지금 해류의 안쪽에 들어와 있음을 느낄 수 있었다. 해안선을 따라 늘어선 해변 마을의 불빛이 보였다. 노인은 자기가 지금 어디에 있는지 알았다. 집으로 돌아가는 건 이제 아무 일도 아니었다.

바람은 어찌 되었든 우리의 친구야, 노인은 생각했다. 그러고
는 덧붙였다. 항상은 아니지만 말이야. 우리의 친구도 있고 적
도 있는 저 드넓은 바다도 그렇지. 그리고 침대도, 노인은 생각
했다. 그래, 침대는 내 친구야. 그저 침대면 돼, 그는 생각했다.
침대에 눕는다면 참 좋을 거야. 침대는 바로 네가 패배했을 때
편하게 누울 수 있는 곳이지, 그는 생각했다. 침대가 얼마나 편
한 곳인지 난 여태껏 알지 못했어. 그런데 널 패배시킨 것은 누
구지? 노인은 생각했다.

"아무도 아냐." 그는 큰 소리로 말했다. "난 그저 너무 멀리 나
갔을 뿐이야."

노인이 조그만 항구로 들어왔을 때 테라스의 불빛은 꺼져 있
었다. 사람들이 모두 잠자리에 들었다는 것을 노인은 알고 있었
다. 바람은 그동안 점점 더 강해져서 이제는 거세게 불었다. 그
렇지만 항구 안은 바람이 잠잠했다. 노인은 바위 아래쪽의 조그
만 자갈밭을 향해 배를 몰았다. 도와줄 사람이 아무도 없었으므
로 노를 저어 배를 최대한 위로 바짝 갖다 댔다. 그런 다음 배에
서 내려 바위에다 배를 붙들어 맸다.

노인은 돛대를 빼고 돛을 감아 묶었다. 그런 다음 어깨에 메
고 기슭을 올라가기 시작했다. 그때에야 비로소 그는 자신이 뼛
속 깊이 얼마나 녹초가 되었는지 실감했다. 그는 잠시 발을 멈
추고 뒤를 돌아보았다. 물에 반사된 가로등 빛을 통해 물고기의
커다란 꼬리가 배의 고물 뒤로 높이 솟아 있는 게 보였다. 그리

고 허옇게 드러난 기다란 등뼈와 주둥이가 뾰족 튀어나온 시커
멓고 커다란 머리가 보였고, 그 사이로 뼈만 남은 텅 빈 잔해가
그대로 드러나 보였다.

노인은 다시 올라가기 시작했다. 기슭 꼭대기에 이르러 그는
넘어졌다. 돛대를 어깨에 걸쳐놓은 채 그는 얼마 동안 누워 있
었다. 다시 일어나려고 해봤지만 너무 힘들었다. 돛대를 어깨에
걸친 채 그는 그 자리에 주저앉아 길을 바라보았다. 고양이 한
마리가 뭔가 일이 있는 듯 길 저편에서 바삐 지나갔고 노인은
그 모습을 가만히 지켜보았다. 그러고는 길을 그냥 물끄러미 바
라보았다.

마침내 노인은 돛대를 땅에 내려놓고 일어섰다. 그리고 돛대
를 다시 들어올려 어깨에 메고 길을 따라 올라갔다. 오두막에
도착할 때까지 다섯 번이나 주저앉아 쉬어야 했다.

오두막에 들어서자 노인은 돛대를 벽에 기대어놓았다. 그는
어둠 속에서 물병을 찾아내 한 모금 마셨다. 그런 다음 침대에
누웠다. 담요를 끌어당겨 어깨를 덮고 등과 두 다리까지 덮었
다. 그러고는 엎드려 얼굴을 신문지에 대고, 양팔을 밖으로 쭉
뻗어 내밀고 손바닥은 위로 향한 채 잠이 들었다.

아침에 소년이 오두막 안을 들여다보았을 때 노인은 여전히
자고 있었다. 바람이 너무 거세게 불어서 큰 유자망 어선들조차
바다로 나가지 않을 상황이었으므로 소년은 늦게까지 잠을 자
고는 매일 아침 하던 대로 노인의 오두막을 찾아온 것이다. 소

년은 노인이 숨을 쉬고 있는지 확인했다. 그런 다음 노인의 두 손을 보고 울기 시작했다. 소년은 아주 조용히 오두막을 나와 커피를 가지러 갔다. 길을 따라 내려가는 내내 소년은 울었다.

어부 여러 명이 노인의 배 주위에 모여 배 옆에 묶인 것을 살펴보고 있었다. 그중 한 명은 바지를 걷어올리고 물속에 들어가서 기다란 줄로 물고기 잔해의 길이를 재고 있었다.

소년은 그곳으로 내려가지 않았다. 이미 가 보았던 것이다. 어부 한 사람이 소년 대신 배의 뒤처리를 해주고 있었다.

"노인은 어떠시더냐?" 어부들 중 한 사람이 소리쳤다.

"주무세요." 소년은 큰 소리로 대답했다. 어부들이 바라보고 있었지만 소년은 전혀 신경 쓰지 않고 울었다. "아무도 가서 깨우지 마세요."

"코에서 꼬리까지 5.5미터나 돼." 물고기 길이를 재던 어부가 큰 소리로 말했다.

"그 정도는 될 거예요." 소년은 말했다.

소년은 테라스로 들어가서 커피 한 깡통을 주문했다.

"뜨거운 걸로 우유와 설탕을 듬뿍 넣어주세요."

"더 필요한 건 없니?"

"없어요. 이따가 할아버지가 드실 만한 게 뭔지 알아올게요."

"정말 엄청난 물고기더구나." 테라스 주인이 말했다. "그런 물고기는 정말 한 번도 본 적이 없다. 어제 네가 잡은 두 마리도 훌륭했지만 말이다."

"제가 잡은 그까짓 건 지옥에나 가라고 하세요." 소년은 이렇게 말하고 다시 울기 시작했다.

"뭐 좀 마시지 않겠니?" 주인은 물었다.

"아뇨." 소년은 말했다. "사람들한테 산티아고 할아버질 귀찮게 하지 말라고 말해주세요. 곧 돌아올게요."

"내가 마음 아파하더라고 전해주렴."

"네, 고마워요." 소년은 말했다.

소년은 뜨거운 커피가 담긴 깡통을 들고 노인의 오두막으로 가서 그가 잠에서 깰 때까지 옆에 앉아 기다렸다. 한 번쯤 노인은 깨려는 것처럼 보였다. 하지만 그는 다시 깊은 잠에 빠져들었다. 소년은 길 건너편에 가서 땔나무를 빌려다가 커피를 데웠다.

이윽고 노인이 잠에서 깨어났다.

"일어나지 마세요." 소년은 말했다. "이걸 좀 드세요." 그는 유리컵에 커피를 약간 따라주었다.

노인은 커피를 받아들고 마셨다.

"난 놈들한테 졌단다, 마놀린." 노인은 말했다. "놈들한테 정말 지고 말았어."

"그놈한테는 지지 않았잖아요. 잡아온 물고기한테는 말이에요."

"그래. 그건 정말 그렇지. 내가 진 건 그 뒤야."

"페드리코 아저씨가 배와 도구를 돌보고 있어요. 물고기 대가리는 어떻게 하실 거예요?"

"페드리코더러 잘게 토막 내서 물고기 덫에나 쓰라고 해라."

"창 같은 그 긴 주둥이는요?"

"그건 갖고 싶으면 네가 가져라."

"가질래요." 소년은 말했다. "이제 우린 다른 것들에 대한 계획을 세워야 해요."

"사람들이 나를 찾았었니?"

"물론이죠. 해안경비대하고 비행기까지 동원됐어요."

"바다는 아주 넓고 배는 작아서 찾기 힘들지." 노인은 말했다. 자기 자신과 바다만을 상대로 이야기하다가 이렇게 말상대가 있다는 게 얼마나 즐거운지 노인은 새삼스러웠다. "네가 보고 싶었다." 그는 말했다. "넌 얼마나 잡았니?"

"첫째 날에 한 마리, 둘째 날에도 한 마리, 그리고 셋째 날인 어제는 두 마리를 잡았어요."

"아주 잘했구나."

"이제 다시 저랑 함께 고기 잡아요."

"아니다. 난 운이 없는 사람이야. 난 더이상 운이 없어."

"그놈의 운 타령 좀 그만하세요." 소년은 말했다. "운이라면 제가 가져올게요."

"너희 집에서 어떻게 생각하겠니?"

"상관없어요. 전 어제 두 마릴 잡았어요. 하지만 아직 배울 게 많아요. 그러니 이제부터 저랑 함께 나가요."

"좋은 고기잡이용 창을 하나 마련해서 배에 늘 가지고 다녀

야겠어. 창날은 낡은 포드 자동차에서 뜯은 스프링 판으로 만들 수 있을 거야. 과나바코아*에 가서 갈아오면 될 테고. 날은 날카로워야 하는데 담금질을 너무 많이 하면 안 돼, 잘 부러질 수 있으니까. 내 칼은 부러지고 말았단다."

"제가 다른 칼을 구해다드릴게요. 스프링 판도 갈아오고요. 그런데 이 거센 브리사는 며칠이나 계속 불까요?"

"아마 한 사흘은 갈 거다. 어쩌면 더 갈 수도 있고."

"준비는 제가 다 해놓겠어요." 소년은 말했다. "할아버지는 손이나 잘 낫도록 하세요, 아셨죠?"

"손을 낫게 하는 방법이야 잘 알고 있지. 그런데 밤중에 뭔가 이상한 걸 뱉어냈는데 가슴께 어디가 부러진 것 같은 느낌이었다."

"그것도 잘 낫도록 하세요." 소년은 말했다. "그만 누우세요, 할아버지. 깨끗한 셔츠를 가져다드릴게요. 잡수실 것도 좀 가져오고요."

"내가 나가 있던 동안의 신문이 있으면 아무거나 좀 갖다주렴." 노인은 말했다.

"할아버지께 배울 게 많으니 어서 빨리 나으셔야 해요. 그래서 저한테 모든 걸 다 가르쳐주셔야 해요. 대체 얼마나 고생하신 거예요?"

---

* 아바나에서 동쪽으로 약간 떨어진 곳에 있는 마을.

"많이 고생했단다." 노인은 말했다.

"잠수실 거랑 신문이랑 가지고 올게요." 소년은 말했다. "푹 쉬세요, 할아버지. 약국에 들러 손에 바를 약도 구해올게요."

"잊지 말고 페드리코한테 물고기 대가리를 가지라고 전해 주렴."

"네, 꼭 말할게요."

문밖으로 나와 반질반질 닳은 산호암 길을 따라 내려가며 소년은 다시 또 울었다.

그날 오후 테라스에는 한 무리의 관광객이 모여들었다. 빈 맥주깡통과 죽은 창꼬치 고기들 사이로 바다를 내려다보던 한 여자가 거대한 꼬리를 달고 있는 아주 커다랗고 긴 하얀 등뼈를 발견했다. 그것은 물결을 따라 이리저리 흔들리며 떠 있었고, 항구 어귀 저 밖에서는 동풍이 거센 파도를 끊임없이 일으키고 있었다.

"저게 뭔가요?" 웨이터에게 물으며 여자는 이제 한낱 바다 쓰레기가 되어 물결에 실려 떠내려가기만을 기다리는 그 거대한 물고기의 긴 등뼈를 손가락으로 가리켰다.

"티뷰론*입니다." 웨이터가 대답했다. "상어의 일종이지요." 웨이터는 일어난 일을 나름대로 설명해주려고 했다.

"상어가 저렇게 멋지고 아름답게 생긴 꼬리를 가지고 있는

---

* 스페인어로 '상어'라는 뜻. 특히 서인도제도와 중앙아메리카 근처에 사는 크고 사나운 상어를 가리킴.

줄 미처 몰랐어요."

"나도 몰랐는걸." 그녀와 함께 온 남자가 말했다.

저 길 위쪽 오두막에서 노인은 다시 잠을 자고 있었다. 그는 여전히 엎드려서 자고 있었고 소년이 옆에 앉아 그를 지켜보고 있었다. 노인은 사자 꿈을 꾸고 있었다.

인간 존엄에 대한 감동적 서사

혜밍웨이의 『노인과 바다』는 1952년 9월 1일 『라이프』지에 발표되었다. 그리고 9월 8일에 스크리브너 출판사에서 단행본으로 간행되었다. 이 작품을 발표하기 두 해 전인 1950년에 혜밍웨이는 『강을 건너 숲속으로』라는 작품을 출판했다. 그런데 『누구를 위하여 종은 울리나』 이후 10여 년 만에 발표된 이 작품은 비평가들을 비롯해 대부분의 독자들에게 냉대받았고, 이 때문에 혜밍웨이의 작가적 자존심은 큰 타격을 입었다. 이런 상황에서 혜밍웨이는 절치부심이라도 한 듯 곧바로 새로운 작품의 집필에 들어갔고, 이후 1년여 만에 작품을 완성하여 출판하는데, 이것이 바로 혜밍웨이 생전의 마지막 출판 작품인 『노인

과 바다』이다.

이렇게 발표된 『노인과 바다』는 출간되자마자 독자들의 열광적인 호응을 얻으며 헤밍웨이의 바람대로 그의 작가적 명성을 회복시킨 것은 물론이고 오히려 이전보다 한층 드높이는 결과를 가져왔다. 이 작품을 게재한 『라이프』지가 발행 이틀 만에 5백만 부나 팔려나가고, 스크리브너 사에서 인쇄한 단행본 초판이 5만 부나 되었다는 사실이 말해주듯이, 이 작품은 즉각 헤밍웨이 만년의 걸작으로 높이 평가되었고 이듬해인 1953년에는 헤밍웨이에게 퓰리처상까지 안겨주었다. 작품의 이러한 성공은 결국 헤밍웨이가 1954년에 노벨문학상을 수상하는 결정적인 계기가 되었는데, 그 결과 『노인과 바다』는 세계문학사상 불후의 명작 중 하나로 확고히 자리 잡았고 오늘날까지 전 세계 수많은 독자들에게 감동을 주고 있다.

평소 운동과 사냥 같은 거친 남성적 활동을 좋아했던 헤밍웨이는 1940년경부터 쿠바의 수도 아바나 근처에 거주하면서 자기 소유의 낚싯배를 타고 다니며 바다낚시를 즐기곤 했는데, 『노인과 바다』는 바로 이러한 헤밍웨이의 개인적 체험이 바탕이 되어 나온 작품이다. 작품의 공간적 배경이 쿠바 연안의 바다이고 주인공 산티아고가 아바나에서 그리 떨어지지 않은 한 어촌의 늙은 어부로 설정된 것은 이를 잘 말해준다. 사실 낚싯배를 비롯해 낚시 도구와 미끼 그리고 고기를 잡는 과정 등, 작

품에 자세하고 생생하게 언급되는 낚시 관련 묘사는 낚시에 일가견이 있던, 그래서 산티아고처럼 커다란 청새치를 잡아본 경험이 있는 헤밍웨이 자신의 직접적인 경험 없이는 불가능한 것들이다. 이 밖에 작품에서 산티아고가 아프리카 해변의 사자들 꿈을 꾸는 내용이 나오는데, 이것도 아프리카 초원에서 긴 사냥 여행을 한 적이 있는 헤밍웨이의 개인적 경험이 반영된 것이라고 하겠다.

하지만 『노인과 바다』의 소설적 가치와 의미는 작가의 이런 사적 경험의 반영보다는 바로 이 작품이 헤밍웨이의 작가적 특징과 기법 그리고 인간관을 훌륭하게 압축하여 잘 보여준다는 점에 있다. 사실 『노인과 바다』는 그 길이도 짧은 편이지만 줄거리 자체도 아주 간단하다. 주인공 산티아고 노인은 84일이나 고기를 못 잡다가 마침내 바다 멀리 나가서 굉장히 큰 청새치 한 마리를 낚는다. 그는 이틀 낮밤을 꼬박 물고기와 싸운 끝에 드디어 길이가 5.5미터 가까이 되고 무게가 700킬로그램가량 되는 엄청나게 큰 물고기를 잡는 데 성공한다. 하지만 배 옆에 물고기를 매달고 돌아오던 중 상어들의 연이은 공격을 받아 물고기는 뼈와 대가리만 남고, 노인은 결국 또다시 빈손과 지친 몸으로 집에 돌아와 깊은 잠에 빠져든다. 이야기 속의 사건은 이것이 거의 전부다. 다시 말해 노인이 물고기와 벌이는 사투 외에 이렇다 할 사건이나 갈등이 전혀 없이, 작품의 대부분은 노인이 낚시에 걸린 청새치에 끌려가며 고통과 허기를 견디

는 과정과, 그동안 노인이 하는 생각과 독백으로만 구성되어 있는 것이다. 등장인물도 노인을 빼면 작품 초반과 말미에 잠깐 나오는 소년이 거의 전부다.

하지만 이렇게 단순한 『노인과 바다』의 줄거리는 헤밍웨이 특유의 문체 및 인생관과 결합하여 서사적 감동과 깊이를 지닌 '커다란' 이야기로, 다시 말해 산티아고 노인의 눈앞에 떠오른 거대한 청새치와도 같이 '위대한' 이야기로 독자 앞에 펼쳐진다.

먼저 문체에 대해 말한다면, 헤밍웨이는 군더더기 없이 명료하고 지극히 사실주의적인 문장을 구사하는 것으로 유명하다. 헤밍웨이의 소설은 대개 인물의 감정이나 심리 묘사가 최대한 억제된 채 객관적 사실만을 정확히 전달하는, 단문 위주의 간결한 문장들이 이야기를 명쾌하게 끌고 간다. 흔히 '하드보일드'라는 말로 일컬어지는 헤밍웨이 특유의 이러한 문체는 말하자면 신문 기사의 문투와 같은 것으로 절제와 객관성과 단순명료함을 그 특징으로 하는데, 이는 오랫동안 기자 활동을 했던 헤밍웨이의 젊은 시절 경험에서 비롯된 것이다.

『노인과 바다』 역시 헤밍웨이의 이런 특징적 문체가 아주 훌륭하게 구사되고 있는 작품이다. 주인공 산티아고의 행동과 생각은 감정의 과잉이나 군더더기가 전혀 없이 짧고 간결한 단문들을 통해 담담하고 객관적인 어조로 정확하게 독자에게 전달된다. 가령 노인의 궁핍한 처지와 바다에서의 극한 상황은 작품 속에서 추상적 수식어나 장황한 설명이 전혀 없이 짤막한 대

화나 독백을 통해, 또는 동작과 사물에 대한 간단한 사실적 서술을 통해서 객관적이고 건조한 문체로 독자에게 제시되고 있다. 그런데 이러한 압축과 절제는 역설적이게도 감정과 수식이 담긴 어떤 묘사보다 더 극명하고 생생하게 노인이 처한 현실과 상황을 독자의 눈앞에 떠오르게 하는 효과를 낳는다.

압축과 절제를 특징으로 한 『노인과 바다』의 간결한 문체는 명료하고 생생한 실감을 낳는 데서 그치지 않고 나아가 작품의 시적 함의와 상징성을 조성하는 데도 크게 기여한다. 이는 주로 단순한 문장들이 자아내는 리듬과 운율 그리고 이미지의 집중을 통해 자연스럽게 일어나는데, 가령 돛대를 메고 해안 기슭을 힘들게 올라가는 산티아고의 지친 모습과 양 손바닥을 펼친 채 쓰러져 자는 모습은 간결한 사실주의적 언어로 묘사되고 있지만, 여기에 십자가의 고난에 처한 예수의 이미지가 선명하게 중첩됨으로써 주인공 산티아고의 성격과 의미는 강한 상징성을 띠게 된다. 마찬가지로, 작품에서 간명하면서도 구체적으로 묘사되는 '거대한 물고기'인 청새치와 상어들 그리고 그들을 상대로 벌이는 노인의 힘겨운 싸움은 바다라는 현실에 존재하는 생물과 거기서 벌어지는 어업 행위를 넘어서는, 인간 삶과 자연의 어떤 본질적 존재와 행위를 대변하는 상징 내지는 우화적 이미지로 그 의미가 확장되고 있다.

한편 노인의 꿈에 나타나는 사자들의 경우 긴 묘사나 서술 없이 간단하게 몇 차례 언급될 뿐이지만, 노인의 현재 및 과거

의 삶과 관련하여 젊음, 평화, 유대, 사랑, 순수, 아름다움 등을 포괄하는 섬세한 시적 상징물로 독자에게 강한 인상을 남긴다.

간단한 줄거리와 단순한 문체에 깊은 상징성과 의미를 담은 커다란 이야기로서 『노인과 바다』의 감동과 매력은 무엇보다도 주인공 산티아고를 통해 제시되는 헤밍웨이의 원숙한 인간관에서 비롯된다. 헤밍웨이는 그의 삶 자체도 그렇지만 작품 속에서 흔히 '마초'라는 말로 표현될 수 있는 거칠고 강하고 모험적인 남성을 주인공으로 등장시키곤 한다. 『태양은 다시 뜬다』 『무기여 잘 있거라』 『누구를 위하여 종은 울리나』 등과 같은 작품에서도 볼 수 있듯이 헤밍웨이는 투우나 전쟁, 권투나 사냥 같은 다분히 격렬하고 남성적인 소재를 즐겨 썼고, 그의 주인공들은 그런 거친 상황에서 모험과 도전을 즐기면서 용기와 열정으로 고난과 맞부딪쳐 신념과 원칙을 위해 투쟁하는 모습을 보여주곤 한다. 그리고 이런 사건과 인물들을 통해 헤밍웨이는 도전과 용기와 극기, 열정과 행동, 그리고 불굴의 의지와 정신 등을 덕목으로 하는 남자다움 또는 인간다움의 이상을 그려내고자 한다.

『노인과 바다』 역시 헤밍웨이의 이런 남자다움의 규범과 이상을 간명하면서도 감동적으로 잘 구현하고 있는 작품이다. 84일이나 고기잡이에 허탕 친 주인공 산티아고는 운수가 완전히 바닥나 사람들의 놀림을 받기까지 하는 늙고 지친 어부다. 하지만 그는 불운의 극치에 이른 상황에도 불구하고 절망하거나 포

기하지 않고 긍정과 도전의 자세로 다음 날 새벽 다시금 고기잡이를 하러 나간다. 행운보다 어부로서 낚싯줄을 정확히 드리우는 것을 우선적으로 선택하는 그는 자신의 경험과 기술에 대한 자부심과 자신의 능력에 대한 믿음을 결코 잃지 않으며 주어진 상황에서 최선을 다한다. 그리하여 마침내 낚싯줄에 걸린 거대한 물고기를 상대로 먹을 것도 없는 망망대해에서 꼬박 이틀 밤낮에 걸쳐 고통스러운 사투를 벌인다. 이 과정에서 그는 꿋꿋한 인내와 용기로 고난과 역경에 맞서는 한 고독한 사내의 영웅적 인간상을 보여준다.

강인하고 남자다운 영웅으로서 산티아고 노인은 자신의 힘든 처지에 대한 감상적 연민에 빠지는 일도, 거대한 물고기를 잡은 것에 대한 오만한 승리감에 도취되는 일도 없다. 상어의 공격을 받아 거대한 물고기를 잃는 절망적인 상황에 닥쳐서도 그는 굴복하거나 절망하지 않고 자신이 할 수 있는 한 마지막 순간까지 상어와 맞서 싸운다. 그리고 상어들이 물고기를 다 뜯어먹어버린 패배의 상황 앞에서도 그는 물고기를 잡아 올렸던 승리의 순간과 마찬가지로 패배를 담담히 받아들인다. 이처럼 고난과 역경 앞에서 인간적 위엄을 간직하며 용기와 불굴의 의지와 극기의 자세로 마지막까지 최선을 다해 분투하는 산티아고 노인의 영웅적 모습은, 비록 결말에서 늙고 지치고 패배한 모습으로 집에 돌아와 침대에 쓰러지지만, 독자의 뇌리에는 오히려 영원한 승리자의 감동적인 모습으로 남는다.

하지만 산티아고 노인이 우리에게 보여주는 모습은 불굴의 의지로 고난에 맞서는 강인한 영웅의 모습만이 아니다. 산티아고에게는 초인적인 남자다움의 덕목과 함께 그것에 반대되는 인간적인 덕목이 동시에 존재하는데, 그것은 바로 부드러움과 연약함과 따뜻한 박애의 심성과 태도이다. 바다 위를 날아가다가 지쳐서 그의 배에 잠시 내려앉은 휘파람새를 다정히 대하는 모습에서도 나타나듯이, 그는 모든 자연 대상에 대해 따뜻한 애정을 지니고 있다. 그래서 덩치 큰 거북을 안쓰럽게 생각하며, 거칠고 사나운 바다조차도 싸워서 정복해야 할 남성적 타자가 아니라 부드럽게 감응하며 공감해야 할 여성적 존재로 바라본다. 그가 죽여야 하는 청새치와 상어들에 대해서까지도 노인은 자연의 생존 법칙에서 인간과 서로 죽이고 공격하도록 창조되었지만 궁극적으로는 나름대로 존재 이유와 가치가 있는 인간의 친구이자 형제들로 인식한다.

산티아고 노인의 이러한 따뜻함과 부드러움은 곧 겸손과 인간적 성찰로 이어진다. 가령 소년과의 관계에서 그는 자신의 불운과 늙음과 외로움을 분명히 인식하면서 소년의 도움을 겸손히 받아들일 뿐만 아니라 그를 몹시 그리워한다. 그리고 청새치와 상대하는 바다 위에서의 긴 시간 동안 그는 청새치에 대한 존경과 사랑을 표현하면서, 이를 통해 바다와 자연 속에서 인간이 차지하는 왜소한 위치를 새삼 되새기는 한편 자연에 대한 겸손한 공감의 자세를 갖는다. 노인이 어두운 깊은 바닷속을 헤

엄치는 청새치가 한번 되어보고 싶어한다거나, 자신이 죽은 청새치를 배 옆에 매달고 가는 것이 아니라 오히려 청새치가 자신을 매달고 가는 것처럼 보이는 것을 그대로 받아들이는 모습은 바로 노인의 이런 겸손한 자세와 인식에서 비롯된 것이다.

한편 산티아고 노인은 부드럽고 따뜻한 모습뿐만 아니라 외롭고 나약하며 일상의 소박한 것에서 기쁨과 슬픔을 느끼는 한 인간, 즉 지극히 평범한 인간적 면모까지 전형적으로 보여준다. 그는 자기 부인의 사진을 셔츠 밑에 감춰놓는 가난하고 외로운 노인이면서 동시에 소년과 야구 이야기하기를 좋아하는 천진스러운 노인이기도 하다. 그는 또 청새치가 갑자기 줄을 당겨 자신이 넘어진 것에 속상해하며, 외롭고 지칠 때마다 소년이 곁에 있어서 도와주면 얼마나 좋을까 하고 아쉬워하곤 한다. 청새치와 싸우다가 너무 힘이 들자 평소 신앙심이 깊지 않으면서도 할 수 없이 신에게 도움을 호소하며, 심지어 외우겠다고 약속한 기도문을 나중에 외울 테니 일단 외운 것으로 쳐달라고 우스꽝스럽게 떼를 쓰기도 한다. 또한 상어의 공격을 받고 나서 물어뜯긴 청새치를 속상한 마음에 보지 않으려고 하며, 상어들에게 완전히 청새치를 물어뜯기고 나서는 애초에 자신이 바다 멀리 나오질 말았어야 했다고 부질없는 후회와 탄식을 터뜨리기도 한다.

이렇듯 산티아고 노인은 불굴의 의지를 지닌 강인한 초인적 영웅이면서도 동시에 부드럽고 따뜻하면서 연약하기까지 한 지극히 인간적인 존재이다. 그래서 우리는 산티아고 노인을 단

순히 찬탄과 경외의 대상으로 우러러보기만 하는 것이 아니라 친밀한 공감과 따뜻한 연민의 시선으로 바라보며 그의 고난의 순간순간들을 함께 경험하게 된다. 바로 이 점이 산티아고 노인이 헤밍웨이의 과거 작품에 등장하는 주인공과 다른 면이자, 헤밍웨이가 말년에 작가로서 도달한 인간관의 원숙함을 보여주는 부분이며, 궁극적으로 『노인과 바다』가 고전으로서 지니는 보편적 감동과 매력의 원천이자 핵심이다.

요컨대 『노인과 바다』는 불운과 역경과 고난 앞에서 한 늙은 어부가 보여주는 장엄하고 영웅적이면서도 지극히 인간적이고 사적인 행위를 간결하면서도 감동적으로 그려내고 있는 걸작이다. 우리는 주인공 산티아고 노인의 이야기를 따라가면서 인간과 삶과 자연에 대한 근원적인 질문과 성찰을 목격하고 경험하고 또 자극받는다. 그리고 이 과정에서 언어로 요약할 수 없는 깊은 진실성과 감동의 울림을 체험한다. 물론 그 감동과 울림은 독자마다 그리고 독서의 과정마다 다르게 일어나고 느껴질 것이다. 하지만 분명한 것은 그 감동과 울림이 인간과 삶에 대한 우리의 인식에 지워지지 않는 의미 있는 파문을 새겨놓는다는 사실일 것이다. 이 짧은 소설이 불후의 명작으로 남은 이유는 아마도 거기에서 찾을 수 있을 것이다.

이미 많은 번역본이 나와 있는 너무나 잘 알려진 작품이라 번역 제의를 받았을 때 상당히 망설였다. 하지만 기존 번역들이

정확성과 가독성에서 개선될 부분이 적지 않다는 것을 발견하고는 새로운 번역이 나름대로 의미 있겠다는 판단이 섰다. 원작의 영어가 일견 쉬운 듯이 보이지만 자칫 그 의미를 잘못 파악할 수 있는 경우가 꽤 있다. 하나만 예로 들면 'dolphin'이란 단어의 경우, 기존의 번역본들이 아무 의심 없이 우리가 흔히 아는 의미인 '돌고래'라고 옮겼지만, 이 단어는 여기서 '돌고래'가 아니라 'dorado'라는 단어와 함께 '만새기'라는 바닷물고기를 지칭하는 어부들 용어로 쓰이고 있다. 이런 경우를 비롯해 기존 번역본의 미흡한 점을 개선한 좋은 번역을 내놓아야 한다는 의무감으로 나름대로 정성과 노력을 기울였다. 하지만 역자의 어쩔 수 없는 한계로 부족한 점이 여전히 적지 않을 테니, 독자 여러분의 너그러운 용서와 질정을 바랄 뿐이다. 한 줄 한 줄 번역해나가면서 작품의 의미를 새롭게 음미하고 새기는 즐거움이 적지 않았는데, 독자들과 그 즐거움을 조금이라도 함께 나눌 수 있다면 역자로서는 큰 기쁨일 것이다. 번역 원본으로는 스크리브너 사에서 나온 2003년 판을 사용했다.

이인규

1899년	7월 21일 미국 일리노이 주 시카고 근교 오크파크에서 의사인 아버지 클래런스 헤밍웨이와 음악가인 어머니 그레이스 헤밍웨이 사이에서 여섯 자녀 중 둘째로 태어남. 어린 시절에 아버지에게 낚싯대를, 어머니에게 첼로를 선물받음. 운동과 사냥을 좋아하는 아버지와 예술가 기질이 넘치고 신앙심 깊은 어머니의 영향을 받으며 성장. 특히 어머니 그레이스는 어린 헤밍웨이에게 여자아이의 옷을 입히기도 함. 이러한 부모의 성향은 헤밍웨이의 인생과 문학에 큰 영향을 줌.
1909년	열번째 생일선물로 엽총을 선물받음. 가족과 매년 왈론 호수에 있는 별장에서 여름휴가를 보냈는데, 이때부터 평생 자연을 사랑하는 마음을 갖게 됨.
1917년	오크파크 고등학교를 졸업하고 〈캔자스시티 스타〉지에 수습기자로 입사함. 기자 생활을 하는 동안 드라이하고 간결한 '하드보일드' 문체의 기틀이 확립됨.
1918년	5월 미국 적십자사의 구급차 운전병으로 제1차 세계대전에 참전함. 이탈리아 북부 포살타 디 피아베에 배치됨. 7월 8일 적의 포격으로 두 다리에 중상을 입고 후송되어 밀라노 병원에 입원. 그곳에서 일곱 살 연상의 미국인 간호사 아그네스를 만나 사랑에 빠

지지만, 청혼을 거절당하고 이듬해 헤어짐. 아그네스는 『무기여 잘 있거라』의 여주인공 캐서린의 실제 모델로 유명함.

1919년	제1차 세계대전 종전 후 귀국.
1920년	시카고에서 잡지사 편집자로 잠시 일하며 소설가 셔우드 앤더슨을 만남. 그의 조언을 받아들여 본격적인 문학수업을 위해 파리행을 결심함.
1921년	9월 3일 여덟 살 연상의 해들리 리처드슨과 결혼. 캐나다 〈토론토 스타〉지의 특파원으로 부부가 함께 파리로 떠남. 12월 파리에 도착. 거트루드 스타인과 만남. (이 시기의 파리는 예술가의 천국이라 불릴 만했다. 특히 미국인 예술가들은 전후 달러의 가치가 크게 상승하여 그리 많지 않은 수입으로도 파리에서는 넉넉하게 생활할 수 있었다. 미국 작가 거트루드 스타인, 에즈라 파운드, F. 스콧 피츠제럴드 등이 파리를 근거지로 삼았고, 미국 여성 실비아 비치가 서점 '셰익스피어 앤드 컴퍼니'를 파리에서 운영하며 제임스 조이스의 『율리시스』를 펴낸 것도 1922년의 일이다. 헤밍웨이는 파리에 체류하는 동안 이들과 교유하며 습작에 열중했다.)
1922년	그리스·터키 전쟁 취재. 12월 아내 해들리가 파리의 리옹역에서 헤밍웨이의 습작 원고를 모두 분실함.
1923년	스페인에서 난생처음 투우를 구경하고, 평생 투우에 매료됨. 7월 첫 소설 『단편 셋과 시 열 편 *Three Stories and Ten Poems*』을 한정판으로 출간. 10월 '범비'라는 애칭으로 잘 알려진 장남 존 해들리 출

	생. 파리에서 소설을 쓰기 위해 기자 생활을 그만둠.
1924년	1월 단편집『우리들의 시대에*In our time*』를 파리에서 출간.
1925년	아내 해들리의 친구이자『보그』지 기자 폴린 파이퍼와 처음 만남. 파리에서 세 살 위인 스콧 피츠제럴드를 만남. 10월『우리들의 시대에』증보판이 미국에서 출간.
1926년	헤밍웨이의 문학적 재능에 감탄한 스콧 피츠제럴드가 자기 책을 펴내던 미국의 유명 출판사 스크리브너의 편집자 맥스웰 퍼킨스를 소개해줌. 5월『봄의 계류*The Torrents of Spring*』를 스크리브너에서 출간(이후 헤밍웨이의 모든 작품은 스크리브너에서 출간됨). 10월『태양은 다시 뜬다*The Sun Also Rises*』출간. 전후 젊은이들의 방황과 환멸을 사실적으로 묘사한『태양은 다시 뜬다』는 베스트셀러가 되면서 이른바 '잃어버린 세대lost generation'의 바이블로 회자된다. '잃어버린 세대'는 범비의 대모인 거트루드 스타인의 말인 "당신들은 모두 잃어버린 세대야"를 헤밍웨이가 이 소설 서문에 인용하면서 유명해졌다.
1927년	4월 해들리와 이혼하고 폴린 파이퍼와 결혼. 10월 단편집『남자만의 세계*Men without women*』출간.
1928년	아내 폴린과 함께 파리를 떠나 미국 플로리다 주 키웨스트로 이주함. 둘째 아들 패트릭 출생. 12월 아버지 클래런스 헤밍웨이가 우울증으로 권총자살을 하자 큰 충격을 받는다.
1929년	9월『무기여 잘 있거라*A Farewell to Arms*』출간. 전

쟁문학의 걸작으로 평가받으며 큰 성공을 거둠.

1930년	사냥여행 중 팔이 부러져 세 차례의 수술을 받음.
1931년	셋째 아들 그레고리 출생.
1932년	쿠바의 수도 아바나에서 두 달간 머무르며 청새치 낚시를 함. 9월 투우를 소재로 한 논픽션 『오후의 죽음Death in the Afternoon』 출간.
1933년	10월 『승자에게는 아무것도 주지 마라Winner Take Nothing』 출간. 약 두 달 동안 아프리카를 여행함.
1934년	낚싯배를 구입하고 '필라'호라고 이름 지음.

1935년 7월 20일 비미니의 부두에서 청새치를 배경으로 찍은 사진. 헤밍웨이와 그의 두번째 아내 폴린, 세 아들 패트릭, 존, 그레고리의 모습이 보인다. 헤밍웨이는 쿠바의 아바나와 플로리다 주 키웨스트에서 지내며 바다낚시를 즐겼다. 이때의 경험이 『노인과 바다』에 등장하는 산티아고 노인의 낚시 장면에 생생하게 반영되어 있다.

1935년	낚시를 하던 중 권총 오발 사고로 다리에 총상을 입음. 10월 아프리카에서의 사냥, 문학과 인생 이야기를 담은 에세이집 『아프리카의 푸른 언덕Green Hills of Africa』 출간.
1936년	아바나를 중심으로 필라호를 타고 한 달 동안 낚시여행을 함. 단편 「킬리만자로의 눈The Snow of Kilimanjaro」 「프랜시스 매코머의 짧고 행복한 생애The Short Happy Life of Francis Macomber」 발표. 작가이자 저널리스트인 마사 겔혼을 처음 만남.
1937년	'북아메리카 신문연맹' 특파원으로 스페인 내란을 취재함. 10월 『가진 자와 못 가진 자To Have and Have Not』 출간.
1938년	6월 『스페인의 대지The Spanish Earth』, 10월 헤밍웨이의 유일한 희곡이 실린 『제5열과 최초의 49편들The Fifth Column and the Forth-nine stories』 출간.
1939년	폴린과 별거. 쿠바 아바나 근교의 농원 저택을 빌려 '핑카 비히아(전망 좋은 농장)'라 명명하고, 그곳에서 마사 겔혼과 함께 생활함.
1940년	10월 『누구를 위하여 종은 울리나For Whom the Bell Tolls』 출간. 폴린과 이혼하고 마사 겔혼과 결혼 후 핑카 비히아를 구입함. 헤밍웨이는 이 집에서 살면서 『노인과 바다』를 비롯한 다수의 작품을 집필했음. 지금은 헤밍웨이 박물관으로 사용되고 있음.
1941년	중국과 아시아를 여행하고 취재함.
1942년	제2차 세계대전 중 미국 해군에 자원해 필라호로 쿠바 해안에서 독일 잠수함을 수색함. 하지만 2년에

걸친 수색은 아무 성과 없이 끝남.

1944년 　『콜리어』지의 특파원으로 노르망디 상륙작전을 취재함. 런던에서 저널리스트 메리 웰시를 만남.

1945년 　메리와 함께 자동차 전복사고를 당해 늑골이 부러지고 얼굴이 찢어지는 등 크게 다침. 마사와 이혼.

1946년 　네번째 아내이자 말년의 헤밍웨이 곁을 지킨 메리와 결혼. 미국 아이다호 주 케첨에 집을 마련함.

1950년 　9월 10년의 공백을 깨고『강을 건너 숲속으로Across the River and Into the Trees』를 출간했으나 이전 작품들의 재탕이라는 혹평을 받음.

1951년 　어머니 그레이스 헤밍웨이 사망. 두번째 부인 폴린 사망.

1952년 　9월『라이프』지에『노인과 바다The Old Man and the Sea』를 발표.『라이프』지 9월호가 이틀 만에 5백만 부 이상 팔려나갈 만큼 큰 인기를 얻음. 일주일 뒤 단행본으로 출간.

1953년 　『노인과 바다』로 퓰리처상 수상. 두번째 아프리카 여행을 떠남.

1954년 　아프리카 여행 중 연이은 두 차례의 비행기 추락 사고로 중상을 당함. 언론에서는 헤밍웨이가 사망했다고 오보를 내기도 함. 10월 노벨문학상 수상. 건강상의 문제로 시상식에 참석하지 못함.

1959년 　메리와 함께 케첨으로 돌아옴. 정신쇠약, 우울증, 고혈압, 간염 등을 앓으며 창작활동이 어려울 정도로 건강이 나빠짐.

1960년 　쿠바를 떠나 미국으로 영구 귀국함.

1961년	우울증과 알코올중독, 고혈압, 편집증에 시달리다 7월 2일 아침 케첨의 자택에서 엽총 자살로 생을 마감.

1964년	『움직이는 축제일*A Moveable Feast*』 출간.
1970년	『멕시코 만류의 섬들*Islands in the Stream*』 출간.
1972년	『닉 애덤스 스토리*Nick Adams Stories*』 출간.
1974년	찰스 스크리브너 2세의 편집으로 『영원한 헤밍웨이 *The Enduring Hemingway*』 출간.
1977년	『88편의 시*88 Poems*』 출간.
1985년	『위험한 여름*The Dangerous Summer*』 출간.
1986년	『에덴동산*The Garden of Eden*』 출간.
1987년	『어니스트 헤밍웨이 단편전집*The Complete Short Stories of Ernest Hemingway*』 출간.
1999년	7월 헤밍웨이 탄생 100주년을 기념하여 둘째 아들 패트릭의 편집으로 『여명의 진실*True at First Light*』 출간.

문학동네 세계문학전집 발간에 부쳐

세계문학은 국민문학 혹은 지역문학을 떠나 존재하는 문학이 아니지만 그것들의 총합도 아니다. 세계문학이라는 용어에는 그 나름의 언어와 전통을 갖고 있는 국민문학이나 지역문학의 존재를 인정하면서 그것을 넘어서는 문학의 보편적 질서에 대한 관념이 새겨져 있다. 그 용어를 처음 고안한 19세기 유럽인들은 유럽문학을 중심으로 그 질서를 구축했지만 풍부한 국민문학의 전통을 가지고 있는 현대의 문학 강국들은 나름의 방식으로 세계문학을 이해하면서 정전(正典)의 목록을 작성하고 또 수정한다.

한국에서도 세계문학 관념은 우리 사회와 문화의 변화 속에서 거듭 수정돼왔다. 어느 시기에는 제국 일본의 교양주의를 반영한 세계문학 관념이, 어느 시기에는 제3세계 민족주의에 동조한 세계문학 관념이 출현했고, 그러한 관념을 실천한 전집물이 출판됐다. 21세기 한국에 새로운 세계문학전집이 필요하다는 것은 명백하다. 우리의 지성과 감성의 기준에 부합하는 세계문학을 다시 구상할 때가 되었다.

문학동네 세계문학전집은 범세계적으로 통용되는 고전에 대한 상식을 존중하면서도 지난 반세기 동안 해외 주요 언어권에서 창작과 연구의 진전에 따라 일어난 정전의 변동을 고려하여 편성되었다. 그래서 불멸의 명작은 물론 동시대 세계의 중요한 정치·문화적 실천에 영감을 준 새로운 작품들을 두루 포함시켰다.

창립 이후 지금까지 한국문학 및 번역문학 출판에서 가장 전문적이고 생산적인 그룹을 대표해온 문학동네가 그간 축적한 문학 출판 경험을 바탕으로 새로운 세계문학전집을 펴낸다. 인류가 무지와 몽매의 어둠 속을 방황하면서도 끝내 길을 잃지 않은 것은 세계문학사의 하늘에 떠 있는 빛나는 별들이 길잡이가 되어주었기 때문이다. 우리가 자부심과 사명감 속에서 그리게 될 이 새로운 별자리가 독자들의 관심과 애정에 힘입어 우리 모두의 뿌듯한 자산이 되기를 소망한다.

문학동네 세계문학전집 편집위원
민은경, 박유하, 변현태, 송병선, 이재룡, 홍길표, 남진우, 황종연

세계문학전집 091

노인과 바다

1판 1쇄 2012년 1월 20일
1판 36쇄 2024년 6월 17일

지은이 어니스트 헤밍웨이 | 옮긴이 이인규

책임편집 우민정 | 편집 임선영 염현숙
디자인 엄혜리 최미영 | 저작권 박지영 형소진 최은진 서연주 오서영
마케팅 정민호 서지화 한민아 이민경 안남영 왕지경 정경주 김수인 김혜원 김하연
　　　김예진
브랜딩 함유지 함근아 고보미 박민재 김희숙 박다솔 조다현 정승민 배진성
제작 강신은 김동욱 이순호 | 제작처 영신사

펴낸곳 (주)문학동네 | 펴낸이 김소영
출판등록 1993년 10월 22일 제2003-000045호
주소 10881 경기도 파주시 회동길 210
전자우편 editor@munhak.com | 대표전화 031)955-8888 | 팩스 031)955-8855
문의전화 031)955-1927(마케팅), 031)955-1916(편집)
문학동네카페 http://cafe.naver.com/mhdn
인스타그램 @munhakdongne | 트위터 @munhakdongne
북클럽문학동네 http://bookclubmunhak.com

ISBN 978-89-546-1729-1 04840
　　　978-89-546-0901-2 (세트)

www.munhak.com

● 문학동네 세계문학전집은 계속 출간됩니다